IMPÁVIDO COLOSSO

IMPÁVIDO COLOSSO

Daniel Samper Pizano

IMPÁVIDO COLOSSO

Tradução de
ARI ROITMAN
PAULINA WACHT

EDITORA RECORD
RIO DE JANEIRO • SÃO PAULO
2006

CIP-Brasil. Catalogação-na-fonte
Sindicato Nacional dos Editores de Livros, RJ.

Samper Pizano, Daniel, 1945-
S186i Impávido Colosso / Daniel Samper Pizano; tradução
Ari Roitman. - Rio de Janeiro: Record, 2006.

Tradução de: Impávido Coloso
ISBN 85-01-07220-6

1. Romance colombiano. I. Roitman, Ari. II. Título.

06-0086 CDD - 868.993613
CDU - 821.134.2(861)-3

Título original colombiano
IMPÁVIDO COLOSO

Direitos exclusivos de publicação em língua portuguesa para o Brasil
adquiridos pela
EDITORA RECORD LTDA.
Rua Argentina 171 – Rio de Janeiro, RJ – 20921-380 – Tel.: 2585-2000
que se reserva a propriedade literária desta tradução

Impresso no Brasil

ISBN 85-01-07220-6

PEDIDOS PELO REEMBOLSO POSTAL
Caixa Postal 23.052
Rio de Janeiro, RJ – 20922-970

Para Pilar, "o que o coração dita"

Sumário

O amor será eterno novamente
É o juízo final
A história do bem e do mal
Quero ter olhos para ver
A maldade desaparecer

NELSON CAVAQUINHO-ÉLCIO SOARES

Acorda amor
Eu tive um pesadelo agora
Sonhei que tinha gente lá fora
Batendo no portão, que aflição

Era a Dura, numa muito escura viatura
Minha nossa santa criatura!
(...)

Acorda amor
Não é mais pesadelo nada
Tem gente já no vão da escada
Fazendo confusão, que aflição

São os homens, e eu aqui parado de pijama...
Chame, chame, chame
Chame o ladrão, chame o ladrão!

JULINHO DA ADELAIDE (CHICO BUARQUE)-LEONEL PAIVA

Babel total

Nesse momento o telefone o acordou.

— Senhor Carmelo? É a Regina.

O senhor Carmelo ainda estava consideravelmente adormecido e só conseguiu emitir uma espécie de eco gutural que sua interlocutora interpretou como um convite para esclarecer sua identidade.

— Regina Campos Barbosa. Da Brasil Export.

Silêncio.

— Fui buscá-lo há algumas horas no aeroporto, lembra? — insistiu Regina.

Falava numa língua que ela imaginava ser espanhol, mas se parecia de maneira muito suspeita com o português.

Transcorreram mais alguns segundos.

— Sim, sim — murmurou ele.

Sua cabeça e os músculos das costas estavam doendo e a boca parecia ressecada.

— Ótimo — comentou Regina, pouco convencida. — Liguei para lembrar ao senhor que dentro de uma hora o esperamos no jantar de boas-vindas, no trigésimo segundo andar.

— Trigésimo segundo andar, em meia hora — repetiu Carmelo.

Sua voz tentava evitar que ele parecesse um imbecil no diálogo telefônico com Regina, mas isso era inevitável: ainda não tinha conseguido sair completamente do sono e entender onde estava, com quem falava, o que estava acontecendo.

— Isso mesmo! A gente se vê lá — disse Regina.

Mas, como ele não desligava, repetiu:

— Senhor Carmelo?

— Sim, entendi, Regina. A gente se vê lá.

— O lugar tem uma vista maravilhosa de São Paulo, vai ser muito divertido — insistiu ela, sem muita certeza em relação àquele sujeito meio adormecido que se limitava a repetir suas palavras.

— Vai ser muito divertido, sim.

Carmelo desligou o telefone e acendeu a luz. Tinha falado às escuras, completamente perdido. Caminhou penosamente até a janela e do seu quarto no vigésimo primeiro andar do hotel divisou milhares de pequenas luzes. Começava o cambaleante regresso à realidade. Era noite em São Paulo e aquelas luzes deviam ser as favelas que viu do avião pouco antes de seu vôo aterrissar e, agora lembrava melhor, de que Regina viesse recebê-lo, com um sorriso convencional de boas-vindas, em companhia de um jovem com o jeito atlético de um zagueiro central do Botafogo. Empunhava um cartaz que dizia: *Carmelo Camacho. Feira Brasileira de Exportação.*

Foi ao banheiro e abriu o chuveiro.

Enquanto tirava a camisa percebeu que tinha tomado *bloody maries* demais no trajeto entre Bogotá e São Paulo.

A água do banho caía poderosa, e naquele banheiro as toalhas sobravam. Era o que mais importava a Carmelo num hotel: um bom chuveiro e muitas toalhas. E travesseiros: odiava os travesseiros compridos e finos, estilo absorvente gigante, como se usam nos hotéis franceses.

Quarenta e cinco minutos mais tarde chegava ao trigésimo segundo andar. Vestia um terno azul e gravata listrada e exalava um aroma penetrante de Roger Gallet: tinha borrifado com água-de-colônia a barba, o pescoço, a parte dianteira das lapelas, o peito da camisa, os punhos e o lenço. A colônia era quase um símbolo dos diretores do jornal onde ele trabalhava. Todos, assim que chegam à idade de aspirar a algum cargo importante, se encharcam de Roger Gallet. Durante os cafés-da-manhã na redação, a atmosfera ficava tão pesada que as torradas pareciam flutuar em lavanda. Para saber que redatores tinham ambição de progredir no jornal, bastava aproximar o nariz: quem fedesse a Roger Gallet era um profissional ambicioso. Pensando bem, ele mesmo já tinha mais de trinta anos de abluções com água-de-colônia: desde que, ainda estudante, conseguira uma vaga de foca.

Dentro do salão havia uma multidão em clima de coquetel e salgadinhos. Regina estava na porta à sua espera. Não foi difícil reconhecê-la. A jovem o cumprimentou de maneira formal, mas não evitou o comentário de que ele estava elegante. Carmelo agradeceu e pediu desculpas por ser o último a chegar.

— Não, não — sorriu ela. — O último, não. Ainda faltam vários.

— Ah, é? — perguntou Carmelo com genuína surpresa.

Regina conferiu rapidamente sua lista. O conjunto vermelho justo ficava muito bem nela.

— Ainda estamos esperando uma inglesa e o seu colega do México. Há poucas horas o italiano se desculpou por não vir.

Carmelo tentou uma piada previsível sobre o senso de tempo dos latinos, mas Regina ralhou com ar faceiro.

— Não seja injusto. O primeiro a chegar foi Finkelstein, o argentino.

Carmelo quase solta uma nova obviedade, dessa vez sobre a discutível latinidade da família Finkelstein, mas a dor de cabeça o conteve a tempo. Não parou de sentir pontadas nas cavernas cerebrais enquanto Regina lhe apresentava seus companheiros de viagem. Havia ingleses, americanos, franceses, alemães. Também um japonês e uma japonesa, que bem podiam ser colegas, marido e mulher ou irmãos. Segundos depois ele não se lembrava mais das caras, publicações representadas nem nomes.

Nesse instante Regina voltou. Vinha acompanhada de um homem de estatura um pouco menor que a mediana, nariz um pouco mais que grosso, cabelo encaracolado e bigode áspero que fez Carmelo se lembrar de José Alfredo Jiménez, um de seus ídolos musicais. Rondava os sessenta anos e usava sapatos de uma cor marrom bem clara e um terno azul-pálido de uma textura estranha tipo macramê. Mister México, previu Carmelo.

— O senhor Jiménez, do México — disse Regina, risonha.

Camacho ficou surpreso com a coincidência de sobrenomes e pensou, a sério, se o mexicano não seria irmão ou parente do imortal José Alfredo. Nesse momento o homem já estava se apresentando.

— Nicanor Jiménez, do *El Norte*, de Monterrey.

— O senhor Carmelo Camacho é colombiano — explicou Regina juntando as mãos para apontá-lo.

— Bem-vindo — disse Carmelo a Nicanor Jiménez, só para dizer alguma coisa. Tinha copiado a palavra de um cartaz do aeroporto.

— Aaahhh... o senhor Carmelo fala um português fantástico! — felicitou Regina.

— Nada disso — respondeu Carmelo, envergonhado por aquela bobagem que não esperaria de si mesmo. — É a única coisa que sei dizer.

— É a única coisa que precisa dizer em português — emendou Regina.

— Já experimentaram a caipirinha? — propôs um inglês em inglês. Tinha interceptado um garçom no trajeto e oferecia bebidas a Regina, Carmelo e Jiménez.

Regina se desculpou e disse que precisava continuar organizando as coisas. O jantar já ia começar.

Quando recebeu seu copo, Jiménez tomou tudo num gole só, com limão e tudo.

O inglês olhou espantado para ele, enquanto Mister México continha um leve arroto. Carmelo percebeu que era preciso sair logo da situação.

— Então você é do *El Norte*, de Monterrey — disse. — Sou muito amigo dos Junco. Estive com o pai num congresso de editores em Boston, no ano passado, e com o filho visitei o Canadá numa dessas viagens de jornalistas, há uns quatro anos. O pai é mais interessante, acho.

— Eles se lembram muito de você — respondeu Jiménez, para surpresa de Carmelo. — Mandaram lembranças.

— Agradecido, como dizem vocês. E como estão os leões de Monterrey?

— Com licença — disse o inglês em inglês. Parecia bastante claro que a conversa em espanhol entre dois latinos não era com ele.

— Espere — disse Carmelo em inglês. — Não queríamos ser mal-educados. Mas é emocionante encontrar outro latino-americano que, ainda por cima, é amigo dos seus amigos.

— Não se preocupe, acho compreensível que os latino-americanos se emocionem muito quando se encontram — comentou o inglês antes de virar de costas.

— Isto aqui vai ser uma Torre de Babel — disse Camacho a Jiménez.

— Pois então — repetiu Nicanor. — Os senhores Junco me pediram para lhe mandar um grande abraço. Don Alejandro foi convidado para esta viagem, mas me cedeu o convite.

— O senhor trabalha em economia? — sondou Carmelo.

— Não, senhor.

— Ou com Romelio Bautista, na internacional? Estive com Romelio numa reunião da Ciespal, em Quito.

— Não, senhor.

— Colunista? — explorou Carmelo.

— Não, senhor.

A situação começava a ficar embaraçosa. Jiménez era parco de palavras e um pouco tímido.

— Bom, o importante é que cá estamos, no país mais grande do mundo, se descontarmos alguns poucos que são ainda mais grandes — disse Carmelo num arremedo de português. E depois, sério: — Acho que vai ser uma viagem muito interessante. Esses brasileiros querem mostrar o milagre econômico deles para o mundo inteiro, e a Feira é o circo onde vão montar o espetáculo.

— É verdade, senhor.

Carmelo tomou um gole de caipirinha e sorriu para Jiménez. Em poucos segundos procurou algum assunto para estabelecer uma nova ponte com esse irmão latino-americano tão silencioso e formal, e quando ia perguntar como se chama a mulher de Junco filho, tão simpática, Jiménez lhe perguntou num tom muito grave:

— É verdade que podemos consumir o que quisermos, tudo por conta da Feira?

— Acho que sim — respondeu Carmelo.

Jiménez meteu a mão no bolso interno do paletó azul-claro e tirou um papel mimeografado.

— Aqui diz que todas as despesas são por conta da "organização". Estava numa pasta no quarto do hotel, junto com outros papéis.

— Diz isso aí? — inquiriu Carmelo, que não tivera tempo, cabeça nem cuidado para ler a pasta.

— Quer dizer — repetiu Jiménez, entregando-lhe a folha — que lavagem de roupa, frigobar, refeições no quarto, telefonemas, tudo fica por conta da organização?

— É o que parece — respondeu Carmelo depois de ler a folha. A caipirinha continuava produzindo efeitos benéficos para a sua dor de cabeça. — Diz que os convidados não precisam sequer dar gorjeta aos maleiros e que em cada cidade vão receber uma lista de restaurantes e bares onde poderão assinar as contas do que consumirem.

— Pois este sim é que vai ser um belo milagre brasileiro — disse Jiménez, guardando o papel.

— Bem, com licença, preciso ir ao banheiro.

— Então vamos nós dois, senhor Camacho. Dizem que um mexicano nunca urina sozinho. Eu também já estou com vontade de mijar. Deve ser culpa dessa tal caspirinha.

Carmelo fingiu um gesto de olha-só-que-coincidência, dizem que um colombiano também não, e começou a atravessar o salão cheio de gente, flanqueado pelo mexicano de terno azul-pálido e sapatos de couro marrom bem claro.

Na saída do banheiro um homem quase redondo se aproximou de Carmelo, que já o havia notado pelos seus gestos veementes e a facilidade com que parecia fazer amigos. Não devia ter mais de trinta anos, mas apresentava uma calvície quatro lustros mais velha. Os óculos, de lentes grossas, produziam um efeito deformador nos olhos, que se agigantavam e se deformavam. Parecia piscar em câmera lenta.

— Como vai? — disse. — Tinha muita vontade de conhecer você: em Buenos Aires às vezes se publicam seus textos sobre literatura.

— *The Argentinian journalist, I presume?* — replicou Carmelo em voz alta.

— Exactily — disse o argentino com voz aguda e em inglês ruim. Carmelo notou que dissera, claramente, *exactily* e não *exactly*, e tornou a pensar na Babel da viagem. — León Finkelstein, muito prazer.

Carmelo cumprimentou-o e a seguir apresentou o mexicano, que parecia decidido a não se separar dele facilmente.

Após falar alguns lugares-comuns sobre o cansaço da viagem, Finkelstein olhou rapidamente ao redor, parecendo buscar mais intimidade, aproximou-se dos seus dois colegas e deu a notícia.

— Parece que Delfim Netto vem esta noite à abertura oficial da nossa visita.

— Não diga — disse Carmelo, sem revelar que não sabia quem era Delfim Netto.

— Foi aquela jovem quem me contou — e apontou para uma mulher muito atraente com alguns quilinhos a mais. — É Minerva Maria, a assistente de Ramsés, o chefe da delegação. Já foram apresentados? Está informadíssima de tudo. Por isso estão prolongando o coquetel, acham que o Delfim Netto ainda pode chegar.

— Isto é que vai ser uma surpresa — disse Carmelo.

— Espera, porque ele também pode não vir. Neste momento está aqui em São Paulo, numa reunião com empresários. Mas se terminar cedo será o encarregado de nos dar boas-vindas. Foi o que disse Minerva Maria.

— Minerva Maria — repetiu Carmelo.

— Exato, como a deusa romana.

— Não, estava pensando que é uma estranha mistura de nomes.

— Bem-vindo — comentou Jiménez, divisando outra caipirinha.

— Olha — perguntou Carmelo a Finkelstein, decidido a descobrir discretamente quem era Delfim Netto —, e por que você acha que Delfim Netto vai querer vir a este jantar?

— Isso é óbvio, *viejo*: Netto é o pai do milagre, e eles pretendem que nós sejamos os arautos do milagre no mundo inteiro.

— Certo.

— Por que você acha que montaram a feira Brasil Export 72? — continuou Finkelstein. — Por que pensas que convidam quinze jornalistas internacionais e nos dão tratamento de sultões? Por que incluíram no nosso programa inaugurações de complexos petroquímicos e palácios de congressos, visita à estrada Transamazônica, encontros com ministros? Eles têm que fazer o milagre ecoar, *viejo*.

— Certo.

— E por que você acha que entre os jornalistas convidados há três da América Latina? Olha bem o que estou dizendo: três de quinze, a quinta parte...

— Para fazer ecoar na América Latina. Suponho.

— Não, não, não: para demonstrar à América Latina quem é o chefe do continente, quem manda aqui. Lembra que o Nixon disse que para onde o Brasil se inclinar toda a América Latina se inclinará também.

— Certo — repetiu Carmelo. — E já se inclinou, claro.

— Inclinou-se assim, olha — disse León, e se curvou numa reverência servil. — Entregou o rabo ao império, é simples.

Numa ponta do salão, Ramsés, o chefe da excursão da Export 72, estava com um telefone na mão. Era um sujeito de cabelo curto, costas quadradas e olhos claros. Ao seu lado estavam um homem pequeno, de bigodes e óculos escuros, e a onipresente Minerva Maria. Os três jornalistas viram Ramsés pousar o fone e, com gesto triunfal, erguer o polegar.

— O ministro vem! — decifrou Finkelstein. — Eu tinha razão, viu?

Eles eram, possivelmente, os únicos que naquele momento sabiam a novidade que tanta alegria e excitação provocava em seus anfitriões. No salão, indiferentes, os outros convidados continuavam tomando coquetéis. Segundo o argentino, ali havia empresários paulistas, jornalistas locais, políticos, cônsules, senhoras e senhores da sociedade e agentes de segurança camuflados.

O trigésimo segundo andar do Hilton de São Paulo voava quase tão alto quanto o avião que os trouxera de Lima, só que a noite tornava mais tolerável o espetáculo das favelas. O salão fora dividido em dois com biombos de madeira. Estavam no setor onde era servido o coquetel, mas em algum momento os biombos deviam desaparecer e então seriam chamados para as mesas. A noite ameaça ser longa, pensou Carmelo. Os garçons continuavam circulando com salgadinhos, camarões, empadinhas, rissoles, coxinhas de galinha e pastéis. Notou que os jornalistas internacionais — JI, abreviou — bebiam caipirinha e caipiroska, mas os convidados locais preferiam uísque.

— Parece um presépio, não é? Com as luzes e tudo.

Era Jiménez, que o havia acompanhado, secretamente, até a janela de onde Camacho observava as luzes da cidade: tão próximas e tão distantes; e arrematou, quase sem querer, lembrando um poema de Bernárdez: "Como o vento". Era um soneto de que ele gostava, e sobre o qual escrevera certa vez, mas que emanava um aroma de rípio. Agora sabia de onde saía o fragmento. Desse verso. Do vento. Próximo e distante estava bem, mas o vento era prótese.

— Com luzes e tudo — repetiu Carmelo de maneira mecânica.

— Quando eu era criança — continuou Jiménez, afetado por algo que parecia um inesperado ataque de nostalgia —, na minha cidade fazíamos presépios assim, enormes, e acendíamos velinhas.

— Eram bonitos os presépios — comentou Carmelo, só para comentar alguma coisa.

— *São* bonitos — retificou Jiménez. — Meus netos adoram.

A piedosa mão de Regina veio resgatá-los.

— Vamos para o salão de jantar — disse. — O ministro não vai demorar muito.

Os biombos haviam desaparecido e as mesas estavam expostas. Nos dois lados da sala principal, viam-se os cartões dos jornalistas internacionais. Diante deles se sentariam, sem cartões, misturados pelo acaso, os convidados e funcionários. O ministro e alguns outros peixes grandes ocupariam o centro, a julgar pela agitação e expectativa que reinavam em torno desses lugares sagrados; as secretárias colocavam listas, pastas e folhetos diante do prato do ministro. Ramsés vigiava com diligência e apressava as recepcionistas para que tudo estivesse bem preparado.

Carmelo procurou o seu cartão. Pôde fazer isso sem pressa, porque foi um dos primeiros a chegar à mesa. Que bom: a sorte o livrara de Jiménez, que Regina conduzia para o lado oposto enquanto o mexicano olhava para ele com cara de cachorro assustado. Carmelo não demorou a descobrir seu lugar, entre um francês e um japonês, que lhe sorria obstinadamente e lhe entregou um cartão de visita. "Hirotaka", apresentou-se. Com toda resignação ocupou a cadeira, disposto a viver outro momento tedioso, desses que abundam nos encontros internacionais de jornalistas.

De repente, e respondendo de maneira dramática à expectativa criada, emergiram dos elevadores vários indivíduos corpulentos de terno e gravata; uns detiveram as portas automáticas, outros se distribuíram rapidamente no caminho para o salão. Depois o elevador vomitou um pequeno grupo de executivos. Após alguns segundos, Ramsés apontou para o salão de jantar e então o grupo se abriu de maneira quase mágica, como milhares de anos antes se abrira o mar Vermelho às instâncias de Moisés, e da torrente humana surgiu, decidido, ágil, regozijado, um homenzinho rechonchudo e baixo que, acostumado a chefiar, dirigiu-se para a mesa seguido pelos outros.

— Delfim Netto? — perguntou Carmelo em voz baixa a Regina, que acabava de ocupar o lugar em frente.

Ela confirmou e tocou com admiração na cabeça algumas vezes com o indicador.

— Grande cabeça — disse. — O pai do Milagre.

Quando o ministro entrou na sala ouviu-se uma desanimada tentativa de aplauso promovida por alguns funcionários, mas os jornalistas internacionais mantiveram a dignidade e a distância que se esperava deles e se limitaram a observar com interesse aquela figura em forma de barril, que tinha um poder ilimitado na economia do seu país.

Carmelo virou a cabeça e notou que seu vizinho japonês estava absorto num estranho movimento: balançava o corpo na cadeira, enquanto observava o chão. Carmelo atribuiu aquilo a uma estranha cerimônia oriental e optou por olhar de novo para o centro da mesa, onde Ramsés já se levantara para dizer algumas palavras. Antes que começasse, o japonês puxou a manga do paletó de Carmelo.

— Sabe? — disse em inglês, perfeitamente sério. — Acho que neste momento os pés do ministro estão pendurados no ar.

Camacho teve que levar o guardanapo à boca para não perceberem seu riso.

As palavras de Ramsés, em inglês mais meritório que fluente, foram ouvidas no salão após um impertinente rangido eletrônico. Estava ali, antes de mais nada, disse, para dar boas-vindas aos ilustres jornalistas que aceitaram o convite para ser testemunhas da pujança brasileira graças à Feira Brasileira da Exportação e, depois, para apresentar o ministro da Fazenda, senhor Delfim Netto, sem dúvida a pessoa mais indicada para inaugurar com passos firmes (quando disse "passos firmes", Carmelo e o japonês tentaram não se olhar) esta viagem pelo novo Brasil. Com vocês, o ministro Delfim Netto.

Dessa vez os aplausos foram inevitáveis, mesmo para os jornalistas. Antes que o ministro se levantasse, postou-se ao seu lado, um pouco nervosa, uma moça loura de uniforme azul e camisa amarela, que iria dazer a tradução para o inglês. O jornalista francês tinha sua própria intérprete, que ocupava o lugar ao seu lado na mesa, e a intérprete dos dois alemães se inclinava, do lugar em frente, disposta a articular a versão em alemão. Quanto aos jornalistas que falavam espanhol, não haveria tradução para eles: um dos requisitos do convite era que também dominassem o inglês e, de todo modo, qual é o falante de espanhol que não acha que entende o português?

Sob a vigilância atenta de Ramsés, as intérpretes estavam prontas para começar o trabalho, como corredores de cem metros rasos nas suas marcas. Início oficial da Babel, pensou Carmelo.

Regina tirou da bolsa um gravador cassete, verdadeiramente a última palavra da tecnologia japonesa, apertou o botão vermelho e o pôs sobre a mesa, apontando o microfone para o ministro.

Delfim Netto olhou em volta, sorridente, antes de emitir uma palavra e de repente perguntou:

— Quantos idiomas se falam aqui?

Por um estranho senso de respeito, Ramsés sentiu-se obrigado a responder de pé, embora fosse uma desvantagem para um ministro feio e pequeno ter ao seu lado um sujeito muito bem apessoado de quase um metro e noventa.

— Inglês, francês, alemão, espanhol, japonês. E português, é claro, senhor ministro.

Delfim Netto pareceu interessado. Ramsés entendeu que devia continuar e passou em rápida revista com os olhos:

— Temos ilustres Jornalistas Internacionais (disse em tom de maiúsculas) procedentes dos Estados Unidos, Inglaterra, México, França, Argentina, Alemanha, Colômbia, Japão...

Delfim Netto sorriu e disse então em inglês, com uma simplicidade que sugeria que também poderia ter escolhido o alemão, o japonês ou o esperanto:

— Acho que vamos ganhar tempo se eu falar em inglês.

Não era um inglês muito bom, avaliou Carmelo, mas sem dúvida o ministro havia optado por um ato de poder e senhorio destinado a impressionar os jornalistas internacionais. Nada suscita mais a admiração de um JI que o multilingüismo de um terrícola subdesenvolvido.

Delfim Netto fez um discurso de circunstâncias, de bem-vindo ao Brasil, de esperamos que sua visita seja o mais agradável possível, mas também soltou alguma Informação Importante precedida de um gesto de cumplicidade entre pessoas calejadas.

— Eu sei — disse — que jornalistas como vocês não querem jantar com um ministro só pela comida. Vocês querem que o ministro seja a comida.

Risos dos JIs.

— Por isso — continuou Netto — quero transmitir a vocês algumas reflexões. Dentro de alguns dias vou recebê-los no meu gabinete em Brasília (Ramsés assentiu, consultou a agenda e precisou: "No dia 7 de julho, senhor ministro"); lá poderão me fazer as perguntas que quiserem, após terem percorrido parte do Brasil e visto com seus próprios olhos o que está acontecendo. Mas, enquanto isso, como estava dizendo, quero explicar-lhes as bases da revolução econômica que estamos realizando neste país.

Os que ainda não o haviam feito tiraram caneta e caderno e se dispuseram a anotar as bases da revolução econômica brasileira segundo Delfim Netto.

Intermitentemente, Carmelo ouvia as palavras do ministro, que falavam da derrota da inflação, de um aumento de trinta e três por cento nas exportações durante o primeiro semestre do ano, do incremento no PIB de onze ponto três por cento, do aumento da poupança privada em proporções superiores a quinze por cento, e começava a sentir uma vontade quase insuperável de fechar os olhos e continuar o sono que a ligação de Regina havia interrompido. Só pôde superar sua horrível batalha contra o sono quando o discurso deu sinais de terminar.

"A Feira Brasil Export 72 é uma amostra do impulso exportador do nosso país. *Mais* comércio internacional significa maior bem-estar social (pausinha, com olhar ao redor). Mais comércio, senhores jornalistas, é melhor que *menos* comércio."

Carmelo notou que os funcionários presentes se entreolhavam com deleite e que alguns escreviam furiosamente a última frase para poder citá-la entre aspas.

— Queridos amigos — prosseguiu o ministro. — Este ano o Brasil celebra cento e cinqüenta anos de sua independência. Aquela foi uma independência política diante do poder colonial. A independência que buscamos hoje é diante do subdesenvolvimento e do atraso. Queremos que haja riqueza no Brasil para todos, mas primeiro temos que criar essa riqueza: esta é a meta do governo que o general Emilio Garrastazu Médici preside.

Nesse momento, o ministro disparou um gesto para um secretário que ouvia atrás dele, transformado em estátua, e o secretário, por sua vez, fez um sinal para um garçom, e ambos se afastaram rapidamente.

— Aposto que vem aí o número do bolo — murmurou Regina à sua frente.

Camacho franziu as sobrancelhas e fez com as mãos um gesto de não ter entendido a que se referia. Regina lhe indicou que observasse o que vinha a seguir.

O garçom voltou trazendo um bolo e o deixou em cima da mesa, diante do ministro.

— Senhores jornalistas: como estão vendo, eu tenho um bolo à minha frente, e vocês não têm nenhum. Eu *quero* dividir o bolo com vocês. É *justo* dividir o bolo com vocês. Mas (e aqui Carmelo viu que Regina modulava em voz baixa exatamente as mesmas palavras que o senhor ministro) *o bolo tem que crescer antes de podermos dividi-lo.* Esta é a filosofia que o governo revolucionário está aplicando. Por enquanto estamos fazendo o bolo crescer: vai chegar a hora em que poderemos dividi-lo.

Um sonoro aplauso, ao qual se juntaram vários JIs, encerrou a intervenção do ministro, e Carmelo notou, para seu desespero, que ele mesmo também estava aplaudindo de maneira automática. Os garçons se precipitaram de vários lados para multiplicar o número de bolos e dividi-los de maneira que houvesse sobremesa para todos, e Ramsés tornou a levantar-se. Estava prestes a agradecer as palavras do ministro, quando se ouviu uma voz aguda que vinha do setor esquerdo da mesa.

— Sua Excelência: é uma grande honra falar em nome dos meus colegas... — começou dizendo a vozinha, num inglês execrável.

Carmelo levou discretamente as mãos ao rosto. Finkelstein! Pressentiu que viriam momentos embaraçosos, e quis que a terra o engolisse. Impassível, o argentino continuou seu discurso. Na careca ampla e prematura brilhavam centenas de pontinhos de suor. O enviado do *La Nota Económica*, de Buenos Aires, avançou pelo terreno do previsível: agradeceu a clareza da exposição do ministro e assegurou que os jornalistas estrangeiros esperavam a visita com entusiasmo. Depois adentrou pelos temidos territórios do ridículo, quando solicitou ao ministro, sempre em nome de seus colegas, que transmitisse a Sua Excelência o presidente da República, general Emilio Garrastazu Médici, uma saudação cordial do grupo de jornalistas internacionais e estendesse ao Alto Governo os agradecimentos pelo convite. E de repente deu uma súbita guinada rumo ao inesperado quando disse que vinha aguardando aquele encontro com o ministro para formular certas perguntas sobre o custo social do bolo, o enriquecimento dos donos do bolo e o tratamento repressivo que se dava aos que pediam outro tipo de comida.

Houve um silêncio mortal, mistura de estupefação e embaraço. Finkelstein pigarreou e se sentou. Suas pupilas flutuavam desmesuradamente grandes atrás dos óculos enormes. Ramsés estava prestes a dizer alguma coisa ou talvez a continuar não dizendo nada, quando, sem se dar ao trabalho de levantar-se, o ministro se expressou em espanhol, dirigindo-se ao argentino:

— Magnífico. Será um prazer conversar sobre tudo isso.

Carmelo olhou para Regina, que arregalou os olhos, esboçou um sorriso, encolheu os ombros e guardou o gravador. Hirotaka perguntou ao seu vizinho o que o ministro dissera e Camacho traduziu. Tinha sido um momento de descontrole, mas era hora da sobremesa, a normalidade voltava e havia um pedaço de bolo para cada um, e um copo de vinho do Porto que os garçons se apressavam em servir.

— Não notaram nada na música? — perguntou Regina aos comensais da frente, tentando deixar o momento constrangedor para trás.

— Há música? — perguntou a inglesa.

Regina apontou em silêncio para o teto e então ouviram. Era um fiapo de música instrumental européia ou americana, discreta, típica de hotel ou de consultório odontológico.

— É São Paulo — comentou Regina, como quem divide um segredo. — No Rio de Janeiro seria música brasileira, um samba, talvez uma bossa nova, e com certeza vocês teriam notado.

— São Paulo inventou o escritório e o Rio, a cama, não é? Rio, a sesta e São Paulo, o café-da-manhã de trabalho — disse Carmelo, atrevido, para demonstrar que conhecia bem a teoria sobre as diferenças entre a laboriosidade paulista e a vocação festiva dos cariocas.

— Não é só isso. Viram a comida que nos serviram? Coquetel de camarão, filé-mignon, salada de aspargos...

— Bolo Delfim Netto... — acrescentou o colombiano.

— Hã-hã — assentiu Regina. — Enquanto São Paulo se esforça para ser cada vez mais internacional, o Rio se esmera em ser cada vez mais brasileiro.

— E Brasília, o que é nisso tudo? — perguntou o francês.

— Brasília — disse Carmelo após alguns segundos — é quem expede a licença para construir o escritório e cobra o imposto da cama.

Antes que percebessem, os elevadores tornaram a engolir o ministro e sua comitiva, e Ramsés, aliviado de pesos protocolares, apareceu todo festivo na porta do salão convocando seus seguidores para uma noite de samba. Carmelo não sonhava com o samba e sim com a cama, de maneira que preferiu despedir-se sem se levantar da cadeira. Regina, por sua vez, disse que precisava se reunir com o chefe, o senhor Aguiar.

A saída de Ramsés e sua turma deixou o salão meio vazio. Sobreviviam vários pequenos grupos que conversavam tomando licor, e de repente Carmelo Camacho e Regina Campos ficaram isolados num setor da mesa.

A balbúrdia havia sido substituída por um estranho silêncio, entre incômodo e promissor. Regina sorria e brincava nervosamente com um papelzinho, parecendo ceder a Carmelo a iniciativa da palavra. O colombiano comentou qualquer coisa sobre o silêncio e se lamentou com seus botões por ter sido tão óbvio.

Nesse instante tomou plena consciência de que estava frente a frente com uma garota de vinte e três ou vinte e cinco anos, a sós, e que a noite era convidativa, e teve uma sensação de calafrio. Pensou que, em inglês, isso se chamava ansiedade de antecipação ou algo assim.

— O que achou de tudo isso, o discurso, o bolo...? — perguntou Regina.

— Poderia ter sido ainda mais terrível — respondeu Camacho. — Pelo menos nenhum militar falou.

Ambos riram com alívio e nesse momento caiu o papel da mão de Regina. Ambos se inclinaram para pegá-lo, mas os olhos de Carmelo chegaram primeiro. *Room 1606, 2 a.m.*, leu Camacho em voz alta.

— Bom — acrescentou com sorriso que quis ser cúmplice —, ainda podemos conversar um pouco antes do seu encontro.

— Encontro? Que idéia! — replicou Regina, incomodada. — Não vê que estamos falando de um imbecil, um cara que acha que basta passar um papel amassado para uma mulher que ela vai se enfiar na cama do 1606 às duas da manhã?

— Tem razão — admitiu Carmelo. — Pelo menos poderia me contar quem é o anônimo apaixonado.

— Conta-se o milagre, mas não o santo.

— E será que... vai haver milagre?

— Está doido! Repito que não passa de um idiota.

— Além do mais, você tem um encontro com seu chefe, não é? Aguiar, acho que disse.

— O encontro era uma desculpa, claro. Mas você tem que conhecer o Aguiar. É aquele de bigode e óculos escuros que está tomando uísque no bar com o mexicano de terno azul-claro. É uma figura, o Aguiar.

O encontro era uma desculpa, claro. Camacho esvaziou o copinho de licor até o final. Pensou que a noite estava predestinada. Só faltava encontrar o discurso adequado para avançar na pequena cerimônia de conquista cujo final parecia previsível. A chave, como em tudo, eram as palavras. Temia que soassem medíocres, mas também temia que parecessem cinematográficas.

— Posso contar a verdade? — confiou Regina, aproximando-se um pouco.

Carmelo chegou a perceber o aroma de vinho do Porto que envolvia suas palavras.

— Vá em frente — disse o colombiano, que entendeu que "vá em frente" era muito melhor que "é claro" ou "pode dizer".

— Estou esperando o Sérgio. Vamos dançar no Batucada.

— Sérgio?

— O rapaz que estava comigo no aeroporto quando você chegou.

Carmelo se lembrou então do zagueiro central do Botafogo.

— É verdade: não voltei a vê-lo.

— Está se comunicando com o chefe lá em Brasília — explicou Regina.

Camacho conseguiu se recuperar com dignidade do golpe adverso. Cinqüenta anos de experiência a serviço da dissimulação num momento difícil.

— Que ótimo vocês irem dançar — disse. — A gente tem que aproveitar a vida enquanto é jovem.

De repente a jovem pareceu preocupada.

— Posso perguntar uma coisa?

— É claro — disse Carmelo. — Diga.

Nesse momento percebeu que estiveram falando o tempo todo em inglês. E acrescentou em espanhol:

— Com uma única condição: que seja em português. Acho incrível estarmos falando como se fôssemos dois americanos.

Regina abriu um sorriso branco e balançou a cabeça:

— Babel total!

— Estou esperando.

— O quê?

— A pergunta.

— Tinha esquecido — disse Regina, embora não tivesse esquecido. Ainda vacilava um pouco. Depois soltou: — É ruim misturar trabalho com diversão?

Carmelo suspirou fundo. Não sabia se aquilo era uma armadilha, um avanço inesperado, um veloz recurso dissuasivo ou apenas uma pergunta ingênua de alguém que acabava de conhecer. Optou por ganhar tempo.

— Você disse diversão ou amor?

A garota não teve tempo de responder. Sérgio Pinheiro acabava de chegar. Trocara o terno de burocrata das relações públicas por uma roupa esporte; pendurado nas costas, um pulôver amarelo cujas mangas caíam sobre o peito como garras de um tigre morto. Que zagueiro central do Botafogo, nada: centroavante da Seleção Brasileira.

Sérgio se dirigiu muito educadamente a Carmelo e balbuciou desculpas por levar Regina embora, mas alegou que o Batucada fecha cedo nos dias de semana e, além do mais, amanhã precisam madrugar, vamos a uma inauguração muito importante.

Carmelo entendia tudo, sorria, desejava-lhes muita dança, vão tranqüilos, meninos, termino este copo — que já estava terminado — e vou dormir, minha cabeça está doendo e estou morto de cansaço...

Sentia-se um homem do mundo, era só o que faltava, um veterano de muitas guerras, ele não era do tipo de marinheiro de primeira viagem que cai em ilusões fáceis...

Desjejum pornográfico

Embora Carmelo Camacho estivesse acostumado ao exibicionismo tropical, tinha que reconhecer que nunca vira nada parecido. No restaurante do hotel, o bufê do café-da-manhã era uma alucinação de frutas. Minerva Maria, a assistente de Ramsés, estava terminando de tomar o desjejum. Era cedo. Cumprimentou-o lamentando que ele não tivesse ido ao pequeno fim de noite da véspera. O lugar era sensacional, e Ramsés estava genial, todos tinham morrido de rir com as piadas dele. Carmelo prometeu estar em melhor forma no futuro e, para não estragar ainda mais seu humor por ter trocado o alegre grupo por uma prosaica cama de hotel, ensaiou sua primeira lição de português.

— Isto? — perguntou a Minerva Maria.

— Mamão.

— Mamão: que simpático!

— E isto?

— Abacaxi.

— Abacaxi? E aquilo?

— Manga.

— Quase igual ao espanhol.

Enquanto a lição avançava, Camacho se servia pedaços de papaia, abacaxi, manga, melão, melancia... Armado de outro prato, prosseguiu com presunto, pão preto de banana, pão de queijo e torradas. E cereal. Tinha aprendido a importância do cereal nas viagens. Minerva Maria pediu licença; comentou que tinha uma reunião, mas antes de partir o levou até uma mesa onde estavam uma inglesa alta e um dos americanos. Os cumprimentos de praxe foram um pouco embaraçosos, porque o colombiano deixou escorregar um pedaço de abacaxi quando tentava cumprimentá-lo sem soltar o prato.

— Abacaxi — foi tudo que lhe ocorreu dizer.

O americano lia um jornal local. Tempos atrás havia sido correspondente do *Washington Post* no Rio de Janeiro durante dois anos.

— Estão quentes as coisas por estes lados — disse sem levantar os olhos do jornal. — "Allende se vê forçado a nomear um novo gabinete"... "Baleado o líder tupamaro Leonel Martínez Platero"... "Estados Unidos negam qualquer ajuda para o desenvolvimento ao Peru"...

— Alguma coisa sobre a Colômbia? — perguntou Carmelo num tom que considerou profissional.

— Nada. Por enquanto. Dois estudantes mortos, mas na Universidade do México.

— Há um anúncio enorme sobre a petroquímica de Capuava — observou Carmelo, que espiava o verso das páginas.

— Mortos lá, petroquímica aqui. Não podem negar que o contraste com o Brasil é grande — disse uma voz profunda nas costas de Carmelo, e a seguir deixou cair numa gargalhada. De prato na mão, Ramsés tinha ouvido a leitura das manchetes, mas Carmelo não sabia se festejava assim a desventura alheia ou a própria ventura.

— Não é para ficar tão contente — interveio o correspondente americano, incomodado pela imprevista e ruidosa chegada de Ramsés. — Aqui uma notícia diz que o presidente Garrastazu Médici está envolvido numa história de tráfico de sangue.

Ramsés ficou pálido, pôs o prato na mesa e quase arrancou o jornal do enviado especial do *Washington Post.* Sem que Ramsés percebesse, o americano piscou o olho para seus colegas. Após ler a notícia, Ramsés falou com alívio:

— Não é isso. O que diz aqui, justamente, é que o senhor presidente vai se reunir hoje com a Associação Brasileira de Doadores para dar fim ao comércio ilegal de sangue.

— Ah! — disse o correspondente. — Acho que meu português não melhorou.

Ramsés, que ainda não captara a brincadeira, considerou indispensável fazer um brevíssimo sermão:

— Os senhores têm uma equipe completa de tradutoras especializadas ao seu dispor. Peço-lhes que recorram a elas para ler a imprensa brasileira, porque podem ocorrer equívocos como este. Entendam, não estou propondo, nem sequer sugerindo, que não leiam a imprensa brasileira. Este é um país livre e democrático, e aqui cada qual lê o que quer e pensa o que lhe dá na telha. Mas como vocês são jornalistas internacionais e precisam de exatidão para suas matérias...

Os três fizeram que sim com a cabeça com fingida docilidade e Ramsés, ainda assustado, pôde finalmente atacar um pedaço de mamão.

Enquanto isso, haviam chegado à sala do café outros membros da delegação que faziam fila diante da grande mesa servida e mostravam sua admiração pela variedade de frutas, "quase pornográfica": assim definiu Carmelo para duas guias de uniforme azul, que festejaram a idéia com risadinhas.

Regina e Sérgio não estavam entre os comensais. Tampouco León Finkelstein, o argentino de óculos grandes e voz fina. Nicanor Jiménez, em compensação, aproveitava com entusiasmo as vantagens do bufê e cumprimentou Carmelo de longe com a boca cheia e uma frase entusiasta:

— Já provou o mamão, senhor Camacho?

De volta ao seu quarto, Carmelo escovou os dentes, ligou a televisão e descansou alguns minutos tentando fazer as pazes com seu estômago, sempre tão sensível nas viagens. Era hora de dar uma olhada na pasta onde estavam o itinerário e as informações relativas à visita. No meio dos folhetos sobre a Feira Brasil Export, um guia de São Paulo, um livro de fotos da petroquímica de Capuava e mais folhetos com informações sobre a economia brasileira, encontrou o que queria: a lista dos jornalistas internacionais, a equipe oficial que os acompanhava (não eram quarenta e oito nem quarenta e sete, como ouvira Sérgio dizer, mas vinte e cinco) e o roteiro da viagem.

Carmelo procurou os nomes que lhe interessavam.

Precedido por um título que dizia Ministério da Indústria e Comércio figurava Virgílio Vicente Aguiar. Assessor de Imprensa, Ministério da Indústria e Comércio; e, abaixo de Aguiar, Regina Campos Barbosa, Assessora de Comunicação.

Na seção correspondente ao Ministério de Planejamento lia-se: Sérgio Pinheiro, Coordenador de Relações Públicas.

Minerva Maria Gusmão figurava como auxiliar administrativa.

Um nome se destacava no folheto numa tipografia um tanto soberba. Era o de Ramsés, que não só se chamava Ramsés, mas tinha como sobrenome Guimarães da Silva e ostentava como título o de Subsecretário do Ministério do Interior. Carmelo estremeceu com a idéia de que pudesse ter algum parentesco com Guimarães Rosa, o autor de *Grande sertão: veredas*, mas parecia ser um outro tipo de Guimarães.

Inesperadamente, a leitura se mostrou mais proveitosa que o cereal do café-da-manhã. Carmelo foi ao banheiro, esperançoso, para concluir a missão matutina, e enquanto se dedicava a ela bateram na porta. Moveu-se com agilidade, botou a cueca e correu para entreabrir a porta e pedir à camareira que regressasse mais tarde. Nesse instante viu que não era a camareira. Era Regina.

— Estou incomodando? — perguntou Regina quando percebeu que Camacho só exibia uma parte da cara pela fresta da porta.

— Não, não — mentiu Carmelo. — Acabei de sair do banho.

— Desculpe. Mas é quase a hora de nos reunirmos na recepção e, como estou no quarto ao lado, pensei em avisá-lo pessoalmente.

— Muito obrigado — disse o pedaço visível da boca de Carmelo. — Já desço.

— Foi uma indiscrição terrível, desculpe de novo — justificou-se outra vez Regina.

— Não, não — tentou convencê-la Camacho com o olhar sincero de um olho só.

Quando fechou a porta, Carmelo ficou pensando em muitas coisas. Indiscrição terrível. Vizinha. Em vez de telefonar, ela passa e bate. Mas, sobretudo, pensou com preocupação que Regina podia ter notado que não era propriamente um banho o que ela havia interrompido.

Enquanto se vestia, Carmelo entendeu que a sorte não estava do seu lado. Já tinha pensado nisso durante a noite. De todo modo, tornou a molhar o cabelo grisalho — um de seus firmes patrimônios pessoais — e penteou-se de novo antes de descer para o vestíbulo principal. Como se saísse do chuveiro.

Muitos dos seus colegas já estavam em movimento. Viu Jiménez entrar apressadamente num elevador, levando na mão várias revistas que acabara de pegar na banca do hotel, e a japonesa conversando com um cara-pálida anônimo. Dois guias estavam de plantão na recepção para o que fosse preciso, e um dos dois alemães, que parecia simpático, conversava com o inglês. Levou alguns minutos para divisar Regina. Estava falando num dos telefones do vestíbulo, ao lado do personagem de óculos escuros e bigode preto (tintura, na certa) que ela identificara, simplesmente, como Aguiar.

Camacho avançou para o setor dos telefones. Mas foi impossível chegar lá, a sorte não estava do seu lado: León Finkelstein acabava de seqüestrá-lo por um braço e o puxava para um canto. Carmelo chegou a temer que iria ter de agüentar um novo relato sobre a noite anterior, mas o argentino trazia um assunto diferente.

— *Viu* a importância que a imprensa deu hoje à inauguração da petroquímica? — perguntou num tom reservado.

— Bem, vi anúncios de página inteira festejando a obra — Carmelo lembrou do café-da-manhã. — Também vi notícias complicadas sobre a América Latina.

— Essa petroquímica é um verdadeiro show organizado pelo regime. Olhe estas manchetes: "O futuro já começou", "Agora, você constrói o Brasil", "Começa a era da Grande Petroquímica".

— Palavras fortes — comentou Carmelo.

— Palavras *poderosas*. Ouça isto: "Com a petroquímica, inauguramos um mundo novo e melhor para todos os brasileiros".

— Imagino que era de se esperar, quer dizer, tanto destaque...

— É, mas não gosto que nos façam, que me façam ser parte de tudo isso. Minha missão é outra.

— Como assim?

— Ouça este parágrafo: "Jornalistas de vários países do mundo quiseram estar presentes no evento de hoje para informar ao público internacional esse passo de gigante". Muito bem: então eu não quis "estar presente", como diz aqui; estou presente porque a Brasil Export, quer dizer, o governo brasileiro, convidou meu jornal a enviar um articulista com as despesas inteiramente cobertas, e aqui estou eu. *Percebeu* a diferença?

— Capto, Finkelstein, mas isso não me irrita. Quando você aceita um convite desses, assina um contrato tácito que limita a sua liberdade e o expõe a ser utilizado. É simples assim.

— Eu não assinei nada, *viejo*: sou um jornalista que tem a oportunidade de conhecer uma realidade, e quer procurá-la para além daquilo que seus anfitriões pretendem. É a minha missão. Mas não sou uma peça publicitária.

— É, sim, a partir do momento em que aceita viajar, comer, beber e cagar por conta deles — depois acrescentou, mudando de tom: — Finkelstein, aceite com resignação cristã essas pequenas armadilhas e aproveite a oportunidade para se informar o melhor que puder. Ou, o melhor que deixarem. É o que todos nós fazemos.

O argentino balançou a cabeça, derrotado.

Carmelo deu-lhe uma palmadinha carinhosa e condescendente no pescoço e se dirigiu para a área de telefones. Quando chegou, Regina não estava mais lá.

— O senhor é o famoso militarista colombiano? — perguntou de repente alguém às suas costas num espanhol extremamente aceitável.

Carmelo tornou a olhar e se deparou, pela primeira vez de perto, com Virgílio Vicente Aguiar. Era mais baixo e mais magro do que parecia à distância e, de fato, o bigode tinha fortes indícios de tintura. Não o cabelo, um tanto escasso, em que dominavam os brancos e os cinza. Fumava um pequeno charuto mata-rato, e muitas décadas de fumaça haviam pintado seus dedos de amarelo.

— Como soube? — disse Carmelo, disposto a entrar no jogo. — Não costumo incluir essa informação no meu passaporte.

— Nunca menospreze os serviços de segurança brasileiros, amigo. São — acrescentou, teatralmente, em português e em voz baixa — os maiores do mundo.

— E os mais secretos. Você não vai acreditar, mas ontem notei que uma jovem chamada Regina estava me espionando, e hoje ela desapareceu.

— Agente nossa, meu caro. Graças a ela soubemos que o senhor gostaria de ter ouvido ontem à noite a patriótica oratória de um militar brasileiro, que são, como se sabe, os maiores militares do mundo.

— É verdade — disse Carmelo, gratamente surpreso de que Regina houvesse falado sobre ele com Aguiar.

— Pois bem: hoje vamos lhe dar esse prazer — Aguiar continuava fingindo absoluta seriedade, para a qual contribuía o mistério dos óculos escuros. — Está preparado para desfrutar a oratória do general Costa, ministro do Interior, na inauguração da Petroquímica União em Capuava?

— É uma imensa honra. Só não entendo por que o Ministro do Interior inaugura petroquímicas.

— Ah! — disse Aguiar com decepção. — Vejo que o famoso militarista colombiano ainda não entende a delicada função estratégica da grande petroquímica.

— Vim aqui para aprender — replicou com humildade Camacho.

— Vai aprender. Tem muito o que aprender com o impávido colosso.

— Impávido colosso?

— O Brasil: o mais impávido dos colossos, o mais colossal dos impávidos. Diria mesmo que é o mais impávido dos impávidos e o mais colossal dos colossos. Agora convido o militarista colombiano a dirigir-se às unidades de transporte. Creio que a organização o chama...

De fato, as guias pediam aos jornalistas para subir nos ônibus que iriam transportá-los até a petroquímica.

— A gente se vê mais tarde, general — disse Camacho como despedida, e estendeu a mão para Aguiar.

Este sorriu pela primeira vez. “Marechal”, corrigiu, recuperando a solenidade.

Enquanto subia, Carmelo percebeu de soslaio que Regina entrava num ônibus diferente do dele. Sérgio também.

És belo, és forte

As fábricas davam um tédio mortal em Carmelo. Certa vez, quando estava começando a trabalhar no jornal, foi cobrir a inauguração de uma fábrica de cerveja em Barranquilla e, embora seus companheiros confessassem que morriam de inveja de uma viagem dessas, Carmelo voltou com nojo do que vira. Quis fazer para os leitores uma descrição realista dos tanques, espumas, cheiros, cores, e acabou vomitando em cima da máquina de escrever. Nunca mais tomou cerveja.

O que não poderia saber é que a petroquímica iria lhe provocar uma antipatia ainda maior. Recipientes grandes como edifícios, tubos enormes, chaminés, engenheiros entusiastas que explicavam com paixão o processo dos polímeros.

O grupo seguia resignadamente os guias, as tradutoras procuravam ser fiéis à terminologia técnica, alguns JIs tomavam notas apressadas, outros se contentavam em manifestar um interesse global, e alguns outros, para disfarçar sua indiferença absoluta, de vez em quando faziam uma pergunta com cara muito séria. Era o caso de Carmelo. Ramsés tinha notado, e a certa altura se aproximou dele e disse em portunhol: "Confesso que eu também não entendo nada disso. Prometo que vai haver coisas mais divertidas". Carmelo respondeu que estava aprendendo muitíssimo.

Enquanto caminhavam até a chaminé seguinte, Carmelo procurou conversar com os colegas que lhe pareciam mais simpáticos, ou criar laços com as guias e as intérpretes. Regina viera no segundo ônibus, mas não estava no grupo que percorria as instalações.

Sérgio Pinheiro, sim. Aproximou-se quando Carmelo tomava café e conversava com Nicanor Jiménez e León Finkelstein num descanso do passeio. O zagueiro do Botafogo foi simpático com ele e lhe deu parabéns pelo triunfo da Colômbia. Por favor, seja um pouco mais explícito, pediu Carmelo. Ontem à noite, explicou Pinheiro de maneira mais explícita, a seleção da Colômbia derrotou a da América Central no Grupo I da Copa Independência. Finkelstein interveio: também te felicito, mas lamento dizer que a Argentina está nesse mesmo grupo e vai ser a vencedora. Sérgio opinou que a Argentina não tinha chance: a final seria Brasil-França. Finkelstein afirmou que seriam Argentina e Brasil e prometeu ir ao Maracanã para comemorar, se estivermos no Rio de Janeiro nesse dia. Pinheiro disse que a noite da final coincidia com a visita dos JIs ao Rio, e aceitou o desafio. Carmelo se sentiu desolado e Jiménez lembrou que o Brasil estava festejando alguma data histórica com uma Copa Internacional de Futebol. Pinheiro voltou a ser mais explícito: comemoravam-se cento e cinqüenta anos daquele dia em que dom Pedro I, príncipe regente de Portugal no Brasil, se negou a voltar para a Europa e fundou o Brasil independente. Espera, espera, disse Finkelstein: agora entendo por que estão fazendo os restos mortais de dom Pedro I passearem por várias cidades do Brasil. Li hoje que chegaram não sei aonde. Os olhos de Carmelo se iluminaram: quer dizer que não somos os únicos que estamos fazendo uma excursão: temos concorrência, nada menos que os restos de dom Pedro I. Meu caro Pinheiro, acrescentou, você está encarregado de estudar os movimentos de dom Pedro para não deixar que ele ganhe terreno. Se houver etapas de montanha, avise: nós, colombianos, somos muito bons em escalar cordilheiras. Jiménez ria baixinho e Finkelstein aceitou o duelo com dom Pedro como um dos objetivos primordiais da viagem. Já que parte do seu trabalho era ler e marcar os jornais, Sérgio Pinheiro se ofereceu para fazer um álbum com recortes completos do itinerário de dom Pedro. Terminados os dois périplos, bastava somar os quilômetros e declarar um vencedor. Pelo menos seremos vice-campeões, previu Carmelo. Mas espero, aventurou Jiménez, que continue firme o jogo no Maracanã. Lógico, disseram todos: continua firme. Pinheiro acrescentou: vai ser uma bela despedida, porque o jogo está marcado para o dia 28 de junho, véspera do fim da visita dos Honoráveis Jornalistas Internacionais. Camacho declarou que era evidente o resultado da final: Colômbia dois, Brasil zero. Argentina um, Brasil zero, vaticinou Finkelstein. Brasil três, Argentina zero, estufou o peito Sérgio. Imagino que a organização vai pagar os ingressos, disse Jiménez.

— Ergo minha xícara de café para selar solenemente o compromisso — exclamou Finkelstein com o gesto protocolar e se levantou: — Nós quatro iremos juntos ao Maracanã na noite da quarta-feira, dia 28, e o ganhador terá a honra de ser parabenizado por vocês três.

Todos levantaram as xícaras.

— Este café não é o mais suave do mundo — decretou Carmelo com um gesto de desagrado —, mas mesmo assim aceito o compromisso.

A visita continuou com uma prolongada explicação sobre monômeros. Carmelo não parava de pensar no que teria acontecido com Regina. Incansáveis, os técnicos da petroquímica continuavam exibindo com orgulho uma tubulação de destilarias pela qual — asseguravam — poderia circular um trem.

— Não sei para que querem meter um trem numa destilaria — murmurou Carmelo para Finkelstein.

Vista a destilaria e esgotados os uhhs e ahhs de admiração, o grupo continuou sua marcha.

— Veja, *che* — comentou o argentino: — O país que inaugura esta petroquímica gigantesca não tem petróleo. Importa quase tudo. Não quero nem imaginar o que aconteceria se os preços subissem um pouco.

— Ou se o petróleo acabasse — acrescentou Carmelo. — Sempre temi que as reservas de petróleo se esgotassem. Um dia os poços da Texaco ou da Esso começarão a lançar ao ar pedaços de fóssil e água salgada, e então saberemos que a civilização industrial está liquidada.

De chaminé em chaminé e de tanque em tanque a delegação chegou por fim ao lugar em que se daria a inauguração. Num pátio enorme foram colocadas não menos de quinhentas cadeiras e, em cima do palco improvisado, reinavam várias outras, um microfone e uma mesa rústica com um pano que cobria suas vergonhas. Os jornalistas internacionais foram dispostos na terceira fileira. Outros grupos de autoridades, empresários, jornalistas locais e convidados especiais ocupavam o resto do improvisado auditório.

Carmelo viu Regina conversando com Aguiar e sentiu um alívio. Meio minuto depois estava com eles. Aguiar cumprimentou-o com a fórmula da véspera, e o famoso militarista colombiano, o pequeno funcionário de bigode retinto e charuto mata-rato e a assessora de comunicação do Ministério da Indústria e Comércio sentaram-se juntos. Pouco depois subiram ao estrado o ministro do Interior, general José Costa Cavalcanti, e os ilustres ocupantes da mesa principal. Entre eles, Carmelo contou cinco militares tachonados de condecorações.

Após uma saudação do presidente da empresa, este cedeu o microfone ao general, cuja presença — disse — nos honra no dia de hoje, um dia histórico para o Brasil. O general empunhou uns papéis, ajeitou o microfone e se preparou para ler o discurso. Regina tinha colocado o gravador num lugar estratégico e apertou a tecla.

Aguiar fez um leve sinal para Carmelo com o indicador amarelado, aconselhando-o a prestar atenção ao momento transcendental que lhes fora dado presenciar.

O discurso começou com erudições técnicas pouco inspiradoras que Carmelo fingia anotar, para não ficar atrás de seus colegas. Economia anual de milhões de dólares, abastecimento de matéria-prima equivalente a milhares de toneladas, incremento de vinte e poucos por cento da capacidade produtiva setorial... Carmelo olhou de soslaio para Aguiar, e este lhe fez sinais com a mão de que tivesse paciência. De repente, o general pronunciou algumas frases do tipo "um mundo melhor para todos os brasileiros", "o futuro já começou", "admiração mundial", e Aguiar levantou as sobrancelhas: o discurso rumava em definitivo para a terra prometida da oratória. O ministro elogiou a revolução que estava transformando pacificamente e para sempre o destino do Brasil, anunciou que o país chegaria ao século XXI entre o grupo dourado das nações mais desenvolvidas do planeta, invocou a compreensão internacional para a pujante experiência de desenvolvimento realizada pelo imbatível binômio da força das armas e a força do capital, e soltou a descarga final:

"Este país poderoso que vocês vêem aqui, representado por esta fábrica de fábricas, poucos anos atrás estava escravizado pela pobreza e atemorizado pelo terrorismo. A revolução pacífica disse: nunca mais! E em apenas oito anos, seu pulso firme construiu os dois alicerces da nossa nova etapa como república: segurança nacional e prosperidade econômica. Ainda existem minúsculos focos de rebeldia, mas o Brasil nunca mais voltará a viver aquela época infame. Como bem disse o Senhor Presidente da República, general Emilio Garrastazu Médici, é indispensável neutralizar aqueles que só pensam numa revolução social que nos desuniria, sacrificaria gerações, agravaria a miséria e atrasaria o encontro do nosso caminho.

"O Brasil é um gigante, senhores. É um gigante por suas dimensões territoriais, é um gigante pelo número de seus habitantes, é um gigante pela variedade e enormidade de suas cidades, suas florestas, suas planícies, seus rios, seus mares. Mas é um gigante, principalmente, por sua vocação de futuro e seu espírito de progresso. Como diz nosso hino nacional (aqui os cinco militares ficaram em pé, e sua respeitosa atitude foi imitada por todos os presentes),

Gigante pela própria natureza,
És belo, és forte, impávido colosso,
E o teu futuro espelha essa grandeza.

Uma tempestade de aplausos sufocou a última linha do discurso do general-ministro, que declarava inauguradas as instalações, e a seguir o presidente da empresa quase sufocou o próprio general num abraço emocionado.

— Impávido colosso — repetiu Camacho em voz baixa para Aguiar. Já sabia de onde procedia a menção do primeiro encontro.

— Impávido, mas nem por isso menos colosso — acrescentou Aguiar em tom de advertência.

— Você quer sugerir que poderia ficar pávido, se for indispensável?

— Poderia!

— Entendido, marechal.

Fingindo pôr de novo na cabeça um chapéu que havia tirado, Aguiar empurrou com o indicador nariz acima os óculos escuros, fez uma discretíssima vênia militar e rompeu fileiras em direção à mesa onde bebidas alcoólicas e outras prometiam um reparador final de inauguração aos presentes.

Camacho e Regina ficaram sozinhos.

— Vejo que o senhor se dá bem com Aguiar — disse ela, que ouvira os comentários, divertida.

— Estamos na mesma sintonia. O que não entendo é como ele soube que eu podia ser um cúmplice para brincadeiras que, imagino, não seriam bem recebidas em certos setores.

— Eu converso freqüentemente com Aguiar. Gosto muito dele. É um sujeito muito inteligente que acabou devorado pela selva burocrática.

— Devorado, eu não diria. Cauteloso. Conserva um humor muito crítico e suas idéias não são exatamente as que se esperam de um assessor de imprensa num regime militar.

Regina vacilou um segundo.

— Aguiar pertenceu ao Partido Comunista Brasileiro. Há anos, é claro. Com Goulart chegaria longe. Mas mesmo os velhos comunistas sonham com uma aposentadoria.

— Não deve faltar muito, imagino.

— Ele é poeta, sabe? E escreve maravilhosamente. É o que eu chamo de um sujeito fora de série.

— Imagino que você conta a ele muitas coisas suas.

— Bem, algumas — respondeu Regina.

— Quero dizer que a gente sempre tem alguém para dividir as coisas que sente, entende? As coisas do coração, do amor.

— Aguiar, não. Para isso tenho o meu marido.

A cara de Camacho copiou primeiro a cor do leite e um segundo depois se ruborizou com esse vermelho que faz a temperatura subir, esse vermelho que é percebido por quem o sofre por mecanismos térmicos internos, mas não pode fazer nada para evitar. Camacho sabia que estava corado e que Regina sabia que ele sabia. Conseguiu exclamar entre balbucios "Não me diga que você é casada", e até disfarçar um pouco acrescentando "tão jovenzinha", quando a moça não resistiu e explodiu numa gargalhada.

— Não, não — disse. — Era brincadeira. Solteirinha feito Santa Maria Goretti.

— E sem compromisso?

Regina vacilou um segundo e depois disse:

— Quase.

Camacho, que se afundara no pântano, agora queria sair dele.

— Enfim — comentou, indicando a mesa das bebidas —, estamos de acordo: Aguiar é um sujeito fora de série.

— Olhe — disse Regina antes que se juntassem aos outros: — Um dia você vai me explicar por que todos os homens sempre fazem insinuações de conquista em conversas que não têm nada a ver com assuntos pessoais e depois saem correndo.

— Nem todos — disse Camacho. — Só certos homens, e por certas razões. A principal delas é evitar que certas mulheres ingênuas pensem que estão em clima de conquista.

— Ah é? — perguntou ela francamente desconcertada.

— E pare de me chamar de *senhor*, que não sou seu bispo.

Carmelo pegou uma caipirinha e se juntou a um grupo que conversava com o vice-presidente da petroquímica sobre a produção industrial, o endividamento externo e a inflação. Camacho padeceu durante alguns minutos a torturante conversa e depois se afastou discretamente em busca de melhores horizontes. Nicanor Jiménez fizera amizade com o japonês e Camacho se aproximou deles. Tinha curiosidade de saber como se entendiam um oriental brincalhão e um mexicano que insistia em chamá-lo de "senhor". Jiménez já atacava a segunda caipirinha, que agora chamava de pispirinha. Senhor Camacho!, saudou com alegria quando o viu ao seu lado. O japonês fez um gracioso gesto de cumprimento inspirado nas artes marciais. Estávamos falando da comida mexicana, explicou Jiménez. Continuem, por favor, pediu Camacho. Ficou surpreso com o domínio do inglês que Jiménez demonstrava e, quando lhe disse isso, o mexicano explicou que tinha sido motorista de caminhão na Califórnia durante vários anos. Tenho dois netos em San Diego, acrescentou.

Estavam nisso quando foram convocados às mesas para almoçar. O colombiano sabia que a dinâmica dos grupos é caprichosa, e se você não escolher logo e se aferrar aos convivas que quer como vizinhos ocasionais, pode terminar ao lado do chefe de compras da petroquímica ou, ainda pior, do alemão hermético. De modo que Camacho, então, se juntou logo a um grupo em que estavam, entre outros, o argentino e o mexicano. Pouco depois recebeu uma surpresa reconfortante: Regina ocupou a cadeira ao seu lado.

— Vejo que você prefere se sentar com quem conhece — disse.

— Essas viagens me ensinaram — respondeu Camacho — que há dois tipos de convidados: os centrífugos e os centrípetos. Imagino que em português se diz igual.

Regina confirmou e pediu para ele explicar um pouco mais. Carmelo se sentiu em terreno firme.

— Os centrífugos buscam novos conhecidos, adoram as conversas sobre outros países e outras culturas, querem enriquecer sua informação, escapam para fora...

— E os outros, o que fazem?

— Os centrípetos preferem o contrário: aquilo que lhes é familiar e conhecido. Assim que descobrem pessoas interessantes, insistem na sua companhia. Não estão obcecados por ampliar sua agenda, preferem tornar mais intensa a relação com aqueles com quem simpatizam. O centrípeto foge para dentro: ali se sente aquecido, seguro, agradável...

— E você é centrípeto, claro.

— Até a morte. Mas não consigo definir você...

Regina fez um gesto cético. Carmelo continuou:

— Às vezes parece que prefere um grupo pequeno no qual se sente bem, ou mesmo uma reunião íntima com pessoas queridas. E às vezes vejo que gosta de conversar com todo mundo, saber de todos, ser amiga igualmente de todos. Por isso não sei dizer se é centrípeta ou centrífuga.

Regina pensou por alguns segundos.

— Sou ambas. Meu caráter é centrípeto, mas meu trabalho me obriga a ser centrífuga.

— É uma boa explicação — disse Camacho.

Nesse momento a inglesa alta perguntou se eles considerariam mal-educado um pedido para que falassem numa língua conhecida.

— Você tem razão — disse Regina, em inglês.

— Centrífuga! — acusou Camacho baixinho.

Terminado o almoço, os convidados foram tomar café num futuro jardim, que por ora era apenas um pedaço de terra ocre com sebes. Camacho sabia que precisava falar mais algumas palavras com Regina. Ficava incomodado com esses diálogos interrompidos que são típicos das reuniões sociais. Ao mesmo tempo, considerava um investimento manter-se à distância. Regina se encarregou de solucionar o problema, porque se aproximou dele com a xícara de café na mão e mudou totalmente de assunto.

— Você está gostando do milagre brasileiro?

Carmelo notou que ela passara a tratá-lo de você. Já não era o *senhor*, e sim *você*.

O colombiano preferiu evitar os circunlóquios inteligentes e aproveitar a ocasião.

— Falando de milagres, descobri uma coisa muito interessante. Sei quem era o santo do papelzinho desta noite.

Regina sorriu.

— Mentira. Vejamos, quem é?

— Os jornalistas não revelam suas fontes. Mas juro que sei — mentiu Carmelo.

Regina pareceu acreditar nele.

— Então você deve ter averiguado na recepção do hotel, porque eu não comentei nada com ninguém.

— Hã-hã! — exclamou Carmelo. — Você me acha capaz de uma coisa dessas? Odeio o estereótipo do marido ciumento, principalmente quando não sou ciumento nem marido.

— Está bem — disse ela resignadamente. — "Os jornalistas não revelam suas fontes". A questão é que vejo você muito interessado no assunto...

— Não mais do que no processo de produção dos polímeros. Sou um jornalista, e nada do que é humano me é alheio. Como disse o filósofo.

Regina sorriu e comentou que precisava interromper a conversa. Tinha que enviar um informe sobre o discurso do ministro ao escritório central em Brasília.

— Está bem. Talvez em outro momento você resolva falar sobre o assunto que a fez bater na porta do meu quarto esta manhã.

Ela fez um gesto de surpresa.

— Bati no seu quarto esta manhã porque pensei que, se você estivesse pronto, podíamos descer juntos.

— E aproveitar para conversar sobre certo assunto.

— Não sei do que está falando.

— Ontem à noite, no trigésimo segundo andar do Hotel Hilton, alguém perguntou a alguém se era ruim misturar trabalho e diversão, e alguém pediu para alguém esclarecer se estava se referindo a diversão ou a amor.

— Sim.

— Pois bem: estou esperando o esclarecimento, para poder responder. Disso depende que precise recorrer à filosofia e à literatura universais.

Regina demonstrou uma súbita preocupação.

— Não sei se já não é tarde demais para você responder.

— Ora, vejamos: há duas horas você estava disposta a mergulhar nas águas desse lago existencial, e agora não?

— Exatamente.

— Não entendo você — reclamou Carmelo.

— Desconfio que agora já estou nadando no lago — disse Regina enquanto começava a se afastar. — Só espero não me afogar.

Carmelo havia sonhado com um bom cochilo no trajeto de volta, e por isso seguiu em frente quando viu o assento ao lado de Finkelstein vazio. Sentou-se numa das últimas fileiras e fechou os olhos. Foi então que sentiu que alguém encostava em sua perna. Era a jornalista japonesa, que se instalara ao seu lado e pedia desculpas por incomodá-lo. Carmelo sorriu, não precisava se preocupar. A japonesa fez um gesto tímido. Carmelo tornou a fechar os olhos. E depois, passados alguns minutos, Ayumi, assim chamava a japonesa, pigarreou e lhe falou em inglês com voz de chá:

— Vi que o senhor é colombiano.

Carmelo abriu os olhos e confirmou. Ela tornou a sorrir com timidez.

— Estava me perguntando — disse Ayumi — se você não se incomodaria de conversar um pouco sobre *Cem anos de solidão*. Ou, desculpe, talvez em outro momento...

— Não sabia que havia sido traduzido ao japonês — disse Carmelo resignadamente.

Ayumi ergueu os ombros. De perto, Carmelo pôde confirmar a impressão que ela lhe causara de longe. Era uma mulher desajeitada e feia. Fraca de busto, magra de pernas, cabelo liso, cara inchada, pescoço comprido, cútis de luva cirúrgica.

— Na verdade, não sei se foi traduzido — comentou Ayumi. — Eu li em inglês.

— Então você leu uma versão melhor que o original. A de Rabassa. Isso diz o próprio García Márquez.

— Um grande poeta! — sentenciou Ayumi. — Eu queria saber se o senhor Márquez conhece o Japão.

Carmelo ignorava, mas apostaria que não.

— Digo isso — explicou Ayumi — porque encontrei muitas semelhanças entre Macondo e o Japão. Há ambientes e personagens de Macondo que são surpreendentemente japoneses.

— Macondo está em toda parte — disse Carmelo, sem conseguir evitar um tom um pouco retórico. — Macondo é uma maneira de se olhar as coisas.

Ayumi disse ah! e perguntou se Carmelo não se importaria se ela anotasse o seu comentário. Talvez lhe servisse para as matérias sobre o Brasil e a América Latina que pretendia publicar no *Asahi Shimbun*. Depois esticaram a conversa e os silêncios sobre Macondo, Japão e literatura durante mais de três horas. O trânsito na entrada da cidade estava infernal. Cada vez havia menos conversa e mais silêncios.

Quando finalmente o ônibus parou em frente ao hotel, eram quase dez da noite. Todos subiram para os seus quartos, mas o colombiano ficou no térreo; distraiu-se com pequenas desculpas; explorou o balcão de jornais; fingiu examinar os murais; folheou uma revista no vestíbulo. Estava à espera do segundo ônibus e de Regina, mas se negava a admitir isso para si mesmo. Quase sem perceber, levantou-se e foi para a recepção; e também quase sem querer perguntou, em tom de absoluto desinteresse, pelo nome do inquilino do quarto 1606. O recepcionista respondeu com amabilidade profissional que sentia muito: era uma informação que a gerência não podia fornecer. Carmelo se apressou a dizer que entendia, que estava de acordo, que não havia problema, que só queria verificar se era o quarto de um amigo dele. Com a mesma cortesia seca, o recepcionista lhe perguntou o nome do amigo. Carmelo disse o primeiro que lhe ocorreu: Nicanor Jiménez. O funcionário consultou a lista. "O senhor Nicanor Jiménez está no 2803", disse. O colombiano se afastou muito agradecido em direção à porta.

Estava disposto a abandonar as esperanças sobre a chegada do segundo ônibus, quando ouviu seu nome. Era o argentino, que tinha descido em busca de umas revistas.

— O que está fazendo? — perguntou Finkelstein.

— Nada. Esticando um pouco as pernas.

— E sua amiga japonesa? — quis saber o argentino com uma piscadela. — Não é de se jogar fora.

Desestabilizado pela surpresa, Camacho só pôde dizer que não, que não é de se jogar fora.

— Bem, vou voltar para o meu esconderijo. Vai subir?

— Subo, sim — gaguejou Carmelo lançando seu último olhar em direção à porta e vendo se desmanchar a esperança de Regina aparecer. — Já é tarde.

Notícias do império

A circular que a organização deixou em cada quarto dizia: "Sábado dia 17. Traje: Passeio completo. Está confirmada a presença do Exmo. Sr. Presidente da República."

Carmelo temia isso. Mandou passar o terno azul-escuro e a gravata listrada que usara na primeira noite em São Paulo. Era a roupa que mais odiava. Os diretores do jornal pensavam que sua rejeição à gravata era uma atitude política; na verdade, era um exercício de liberdade de pescoço. Quando fugia do terno e gravata sentia-se como aqueles que escapam do patíbulo, um pequeno patíbulo que o incomodava no corpo e o deprimia na alma. Mas admitia que em certos eventos tinha que amarrar esse pedaço florido de forca no pescoço porque estava representando o Jornal (pensava-o com J), e o Jornal considerava que sua encarnação mortal exigia gravata. Havia sido discutido e combinado.

Estava começando a fazer o nó da gravata, operação que lhe exigia concentrar toda a atenção e convocar quase todos os seus músculos, quando tocou o telefone. O nó se desmanchou como uma cobra morta.

— Porra! — exclamou Camacho.

Era Finkelstein.

— Viu? — a voz do argentino soava ansiosa. — O Presidente da República vai estar presente.

— Já vi — respondeu Carmelo.

— E então? — perguntou Finkelstein.

— E então o quê?

— Você não acha que é uma oportunidade de ouro?

Carmelo adivinhou que Finkelstein estava preparando algum plano horrível.

— Finkelstein... — disse em tom de advertência.

— É a única vez que vamos estar com ele.

— Ainda bem. Mas não se atreva a inventar nada. Vamos ser um grupinho minúsculo e anônimo perdido no meio de uma selva de convidados à inauguração do Palácio de Convenções.

— Somos Jornalistas Internacionais — reivindicou Finkelstein.

— Está bem, corrijo: vamos ser um minúsculo grupinho de elegantes Jornalistas Internacionais perdidos num mar de pessoas que estarão na inauguração do Palácio de Congressos.

— Repito: é uma oportunidade de falar com ele.

— Sim: a mesma que você tem de estar na arquibancada num jogo de futebol e conversar com o centroavante, Finkelstein. Por que não lhe manda uma carta de agradecimento? Mas, olhe, em seu nome pessoal. Não me meta nisso.

— *Você não está entendendo* — o argentino tentou ser paciente. — Eu não quero agradecer nada. Quero é fazer umas perguntas.

— Pelo amor de Deus, Finkelstein! Como aquelas que você fez ao Delfim Netto? Por que não se limita a ir, assistir e se entediar, como vamos fazer todos nós? Vejo que você ainda precisa viajar muito nesse tipo de eventos.

— Pensei que, como jornalistas, estávamos aqui para fazer perguntas — opinou Finkelstein com uma inflexão quase sarcástica.

— Olhe: já disse para você parar de se considerar um missionário armado de caderninho e lápis. As perguntas se fazem quando surge uma oportunidade profissional para fazê-las, e não quando você tem que entrar na arena, como se joga um voluntário na praça de touros.

— Não captei — vacilou o argentino.

— É, esses caras que são jogados na pracinha redonda onde ficam os touros bravos, entende? — só com um pano vermelho e um pedaço de pau como armadura. Sabe como costumam terminar?

— Imagino.

— Com as tripas de fora, pois é. E é como você vai terminar se subir no palco e interromper o discurso do Presidente para lhe fazer umas das suas perguntinhas.

Transcorreram quatro ou cinco segundos e Finkelstein voltou ao ataque um pouco mais calmo.

— Só quero perguntar a ele se considera viável um modelo de desenvolvimento econômico veloz, sem o auxílio da repressão social.

— "Um modelo de desenvolvimento econômico veloz, sem o auxílio da repressão social" — repetiu Carmelo. — Uma pergunta encantadora. O Presidente vai ficar fascinado, pode crer. Seu cadáver será repatriado para a Argentina embrulhado na bandeira brasileira.

— Não acho que a polícia se atreva a tocar em mim — desafiou Finkelstein, sentindo-se heróico.

— A polícia, não: eu! Juro que te estrangulo pessoalmente na frente das câmeras de televisão do Brasil inteiro antes de você conseguir fazer a pergunta, e ainda entrego o cadáver a Garrastazu Médici como lembrança do grupo.

Houve um novo silêncio.

— Vejo que você não tem interesse em descobrir o que está acontecendo aqui — disse Finkelstein antes de desligar.

Carmelo olhou para o telefone já emudecido e suspirou fundo. Precisavam descer em menos de vinte minutos. Voltou a tentar amarrar a gravata, mas foi impossível. A ligação de Finkelstein o deixara tremendo. Depois de novas tentativas infrutíferas, e tomado de preocupação pelo que o perigoso leão argentino poderia fazer, Camacho enfiou o paletó, guardou a gravata num bolso com intenção de amarrar mais tarde e desceu às pressas.

Na recepção já se haviam reunido alguns dos membros da delegação. Carmelo estava intranqüilo. Pensava que Finkelstein seria capaz de qualquer coisa para fulminar o Presidente com sua maldita pergunta; a qual, na certa, seria precedida de um agradecimento capaz de envergonhar todo mundo. Com uma inquietação crescente, concluiu que precisava fazer alguma coisa. Não achou ninguém da organização. Não viu Regina. Tampouco Aguiar. Nem mesmo Sérgio Pinheiro. Só divisou Ramsés, indo comprar alguma coisa na loja do hotel.

Os JIs estavam de modo geral muito elegantes e bem penteados para a ocasião. Em solene fila indiana entraram nos veículos (*buses, omnibuses, autobuses, autocares*?, pensou Carmelo. A linguagem era um de seus mais detestáveis tiques de colombiano. *Buseta*, não. Não no Brasil. Sérgio Pinheiro lhe havia explicado um dia antes). Um dos alemães, o hermético, rompeu seu molesto silêncio de quarenta longos anos para perguntar a Ramsés como deveria dirigir-se ao Presidente da República.

— Amigo — explicou Ramsés —, não acho que as circunstâncias permitam que nós nos aproximemos dele. Fomos convidados à inauguração para que vocês possam ver um monumento ao Brasil do século XXI. Mas, na realidade, o Excelentíssimo Senhor Presidente estará ocupado num Encontro de Unidade Nacional com governadores de dezoito estados. Não terá tempo para nos receber.

E, antes que os (poucos) aspirantes a cumprimentar o Presidente (Camacho pensou que sempre há candidatos a tudo, até a cumprimentar um Presidente) ficassem desiludidos, Ramsés acrescentou:

— O interessante é que aqui, neste mesmo recinto, será realizada a Feira Brasileira de Exportações entre os dias 5 e 14 de setembro próximos. Talvez seja isso o que mais lhes chamará a atenção...

Desceram dos dois microônibus como alunos em dia de encerramento das aulas. Alguns dos JIs estavam irreconhecíveis em sua roupa escura. A inglesa alta sobressaía meia cabeça acima das mulheres do grupo. Regina chegou no segundo veículo. Trocara seus leves vestidos de flores por algo parecido com um uniforme preto. Carmelo pensou que ela mantinha um difícil equilíbrio em seus sapatos escuros de salto alto e ficou observando-a, com um sorriso de deleitada admiração.

— Não me olhe assim — disse ela em voz baixa ao passar ao seu lado. — Não sou eu, sou minha irmã, a secretária do banco.

— Eu tampouco sou eu — respondeu Carmelo. — Sou o gerente do banco. Aquele que sai com sua irmã.

Regina olhou para ele com falsa reprovação e depois passou os presentes em revista. Notou que faltava o argentino, e se aproximou de Ramsés.

— Olhe — disse Regina —, acho que o Finkelstein não veio.

Ramsés interrompeu-a rapidamente e respondeu em voz alta, para que fosse ouvido por quem quisesse ouvir:

— Não há problema: não é obrigatória a presença a nenhum evento. Damos plena liberdade. Se o senhor Finkelstein preferiu ficar no hotel, isso é problema dele.

Regina encolheu os ombros, e todos se dirigiram para a porta principal do edifício. O japonês comentou com Carmelo que o jardim estava sendo vigiado pelo Exército, e Camacho lhe explicou que isso era habitual na América Latina. Por acaso não é assim no Japão?

— Não — respondeu o japonês fingindo absoluta seriedade. — Lá tudo é vigiado por lutadores de sumô.

A cerimônia foi pior do que se podia esperar. O Palácio estava repleto e os JIs formavam um minúsculo grupo perdido no meio de uma selva de convidados, como previra o colombiano. Finkesltein não poderia ter perguntado nada ao Excelentíssimo nem mesmo se o Excelentíssimo houvesse exigido isso das Forças Armadas. Pressentindo que viria pela frente uma primorosa arenga presidencial, Carmelo se infiltrou discretamente até ficar ao lado de Aguiar. Era a tábua de salvação. Mas Aguiar o desanimou rapidamente. O Presidente estava com uma leve afecção na garganta e preferiu ceder o microfone ao ministro do Planejamento, João Paulo dos Reis Veloso. "Um dos sujeitos mais maçantes que se pode conhecer ao sul de Las Vegas", explicou Aguiar em voz baixa.

Reis Veloso apascentou umas poucas palavras, falou em tom cansado sobre a Feira Brasileira de Exportações e outros acontecimentos programados para o Palácio de Congressos e declarou inaugurado o prédio.

— Vê só? — comentou Aguiar. — Nenhuma citação de "paz no futuro e glória no passado", que ocorreria até mesmo a Garrincha. Nem sequer uma alusão ao Impávido Colosso. Chato, chato, chato...

— Deixa em paz o santo nome de Garrincha e vamos tentar sair logo daqui — pediu Carmelo.

Discretamente, Aguiar juntou os braços ao corpo e olhou para a frente. Carmelo ouviu o ruído seco dos saltos se entrechocando.

— Entendido, marechal — disse Aguiar em voz baixa e empurrou os óculos, que tinham a tendência de escorregar até a ponta do nariz.

Camacho procurou Regina com os olhos e a encontrou conversando com os alemães e o francês. Falavam em inglês e ela lhes explicava algumas características do Palácio das Convenções, com informações que extraía de um folheto. O colombiano se aproximou do grupo. O assunto também era chato, chato, chato, mas Regina se esmerava em satisfazer as curiosidades dos visitantes. Carmelo ouviu algumas respostas e de repente viu que tinha uma oportunidade inesperada. Enquanto a moça continuava falando e lendo, Carmelo pediu-lhe amavelmente a bolsa e o resto dos papéis para que ela pudesse manipular o folheto com mais facilidade. Ela agradeceu com um gesto, sem parar de explicar a obra aos jornalistas, curiosamente interessados na construção.

Fingindo estar distraído, Carmelo se distanciou alguns passos do quarteto. E, uma vez longe da visão de Regina, abriu a pasta e procurou um papel. Lá estava: era a lista de jornalistas e funcionários com seus correspondentes números de quarto. Rapidamente passou os olhos pelas linhas, até que descobriu o número 1606.

Carmelo ficou atônito.

— Quem autorizou você a olhar meus papéis? — acusou Regina, que acabava de chegar ao seu lado.

— Eu jamais suspeitaria — comentou Carmelo surpreso. — Aquele americano de merda...

Regina puxou os papéis de sua mão. Neles se via o nome do correspondente do *Washington Post* ao lado do número 1606.

— Você é um mal-educado!

— Mal-educado é ele. Eu, pelo menos, nunca te entreguei papeizinhos.

A jovem virou as costas e saiu dali irritada.

Carmelo considerou que já cumprira suas obrigações com a República Federativa do Brasil e seu Excelentíssimo Presidente, de maneira que tirou o paletó azul, afrouxou a gravata, desabotoou o botão de cima da camisa e se entregou à multidão que saía do Palácio, sem parar de pensar no atrevimento do americano.

Lá fora encontrou Sérgio Pinheiro e Nicanor Jiménez, o Mister México. Perguntaram o que tinha acontecido com Finkelstein, e Carmelo respondeu que não sabia. Mas que estava surpreso por ele não ter ido à inauguração, pois estava decidido a fazer uma pergunta ao próprio Presidente. Não deve ter acordado a tempo, disse Jiménez. Parece que caiu na farra esta noite, como o meu vizinho. E apontou com um sorriso para Pinheiro, que usava óculos escuros e uma roupa impecável. Pinheiro também sorriu e disse a Jiménez que era melhor ficar quieto, porque ele também poderia contar o que acontece com um mexicano quando exagera nas caipirinhas. A diferença é que eu bebi sozinho, respondeu Jiménez. Pinheiro tornou a rir e Carmelo perguntou a eles, sem conseguir ocultar seu mal-estar, se por acaso o estavam usando como testemunha de seus diálogos pessoais. Não, não, disse Jiménez. É que o Sérgio Pinheiro tem uma boa. Lembra aquela corrida que planejamos? Carmelo não sabia bem do que o mexicano estava falando e lhe pediu que explicasse melhor. A do rei, senhor Camacho, sorriu Jiménez. A do imperador, corrigiu Pinheiro. Tenho informações tristes sobre essa viagem *post-mortem* de dom Pedro I do Brasil e IV de Portugal, e tirou do bolso uns recortes da imprensa. Os papéis diziam que "a caravana histórica que acompanha os restos mortais do Protetor e Defensor Perpétuo e mais tarde Primeiro Imperador do Brasil vai se despedir de Fortaleza amanhã e seguir num avião da FAB para Recife, Pernambuco, onde o ilustre cadáver permanecerá exposto às manifestações de afeto do povo até a terça-feira, dia 20. Nessa data será levado a Salvador, Bahia, que abrigará a memória palpável do soberano até o dia 23". Que azar, comentou Sérgio. Por quê?, perguntou Carmelo. Explique a ele, interveio Jiménez. De fato, acrescentou Sérgio: que azar. Por uma diferença de algumas horas não vamos nos encontrar com dom Pedro. Vejam só: a "caravana histórica" viaja amanhã para Recife, enquanto nós saímos para a Bahia. E permanece em Recife até terça. Vai chegar nesse dia, imagino, no começo da tarde. Nesse momento, nós estaremos voando para Brasília. O desencontro é inevitável.

Carmelo entendeu o desencontro (gostava dessa palavra, que ouvira num disco de Vinicius de Moraes e que os brasileiros usam tanto), mas não achava que isso poderia influir na corrida. Talvez afinal não seja tão ruim, disse, porque, se pensarmos que a meta é Salvador, nós seremos consagrados vencedores e dom Pedro I será um digno vice-campeão. Não, tornou a corrigir Sérgio. A meta não é Salvador. A meta é São Paulo. Mas, se a coisa é assim, proclamou Camacho, já estamos agora em São Paulo e já vencemos por W.O. E os quilômetros?, alegou Sérgio. Antes falamos de uma contagem final de quilômetros. Camacho balançou a cabeça: como todos os brasileiros, você entende muito de futebol e pouco de ciclismo. Isto é como a Volta da França de bicicleta, está me entendendo?, os quilômetros são importantes, porém o mais importante é percorrê-los primeiro. Na frase havia um pouquinho de má intenção, e Sérgio a captou. Havia já alguns minutos que Jiménez se mostrava interessado em participar. Bem, disse, nós mexicanos sabemos alguma coisa de ciclismo, porque até ganhamos uma Volta da Colômbia (Camacho engoliu saliva) e acho sensato o que o senhor Camacho disse: é importante chegar primeiro. Carmelo o interrompeu: não era isso que seu tio José Alfredo dizia. Pode falar!, disse Jiménez. Não, nada, desculpe, eu interrompi você, continue, disse Camacho. O que eu estava dizendo é que não entendo o que faz esse falecido imperador dando tantas voltinhas, caramba!

Vou explicar, disse Sérgio Pinheiro, e começou a explicar como se se tratasse de algo muito sério. Camacho não conseguia gostar muito desse jovem zagueiro do Botafogo bronzeado e alto que parecia esbanjar confiança em si mesmo. Mas pensou que talvez tivesse a ver com uma coisa que custava a aceitar, e era a relação que Sérgio tinha estabelecido com

Regina. Quando dom Pedro I morreu em (aqui consultou um recorte) 1834, foi sepultado em Lisboa. Por que enterrá-lo tão longe?, perguntou Jiménez. Sérgio pediu que o deixasse terminar: dom Pedro morreu em Lisboa, por isso era lógico enterrá-lo lá. Havia deixado o Brasil em 1831, depois de proclamar em 1822 a independência da colônia. Foi o único monarca europeu que reinou no Novo Mundo!, acrescentou Sérgio, como se o autor da façanha tivesse sido ele. Outro recorde!, comentou Carmelo com expressão bastante séria. Que interessante, acrescentou Jiménez. Quando dom Pedro retornou a Portugal, prosseguiu Sérgio, seu filho Pedro II ficou no Brasil na qualidade de aspirante ao trono. Tinha cinco anos de idade. Em Portugal, dom Pedro era conhecido como Pedro IV, e no Brasil como Pedro I. Isso você já disse, avisou Carmelo com uma sombra de impaciência e fadiga. Sérgio continuou: o regresso a Portugal não foi fácil. Era preciso reconquistar o poder. Foi uma luta longa e cruel entre dom Miguel, regente do trono, e os exércitos que dom Pedro havia armado com a ajuda da Inglaterra, França e Espanha. Carmelo pensou que a lição de história que o jovenzinho lhes estava dando havia passado dos limites e interrompeu: tudo bem, tudo bem, mas, e esse regresso um tanto póstumo? Por que esta viagem a ultramar e a ultratúmulo? O Brasil queria recuperar os restos mortais do pai de sua nacionalidade, argumentou Sérgio, de maneira que há alguns meses o governo das Forças Armadas chegou a um acordo com o de Portugal para repatriá-los em memória dos 150 anos da independência. Daí surge a idéia da excursão, explicou Carmelo. De fato, disse Sérgio. Que bonito, comentou Jiménez. A excursão, explicou Sérgio com segurança, vai visitar muitas cidades, e o passeio terminará numa cripta no Monumento à Independência, em São Paulo, onde dom Pedro vai se encontrar com os restos mortais de sua esposa, a imperatriz Leopoldina. Camacho sentiu que Sérgio olhava para eles em busca de um gesto de admiração. Como este não se produzia, continuou: a primeira esposa, porque se casou duas vezes. Enquanto isso, numa cidade de Portugal, acho que Porto, o coração de dom Pedro IV e I do Brasil ficou depositado numa urna. Que bonito, comentou Jiménez. Camacho resolveu decretar que era suficiente esclarecimento do caso de dom Pedro, e comentou como despedida: acho que devíamos nos retirar da corrida; é infame competir contra um sujeito que não apenas está morto há quase um século e meio, como deixou o coração em casa.

No salão principal do hotel, Finkelstein estava à sua espera. Vários jornalistas e acompanhantes se aproximaram para perguntar-lhe o que tinha acontecido com ele, e o argentino explicou que houve uma confusão. Um pouco antes da hora de partir, quando estava se vestindo no quarto, um funcionário do hotel ligou informando "em perfeito português" que a saída estava uma hora atrasada. Quando desceu, sessenta minutos depois, a delegação já estava no Palácio das Convenções. Então pensou que era tarde demais para tentar chegar lá e optou por esperá-los no hotel lendo os jornais do dia.

Todos lamentaram muito e Ramsés prometeu que falaria com a administração do hotel para descobrir o que houve e manifestar sua contrariedade pelo erro.

Enquanto os JIs subiam para os quartos, Finkelstein chamou Carmelo e Regina a um canto e propôs que fossem tomar um café num bar ali perto. A moça se mostrava fria com o colombiano. Sua irritação pela conspiração dos papéis ainda não passara.

— Vocês são as pessoas em que tenho mais confiança — disse Finkelstein no bar. — Por isso quero que saibam que minha ausência no Palácio das Convenções não foi por um erro de algum funcionário imbecil, mas por algo mais grave. Está metida nisso a mão política do regime, que só quer que façamos perguntas fáceis, para espelhar sua propaganda no exterior.

Regina ouvia com atenção.

— Por que você diz isso?

Finkelstein olhou para os dois lados antes de responder. Por sua calvície prematura escorriam dois diminutos rios de suor. Os óculos triplicavam o tamanho de seus olhos.

— *Veja*: imaginei que o Palácio das Convenções era nossa única oportunidade de fazer algumas perguntas ao Presidente da República, pelo menos uma. Eu estava decidido a fazer essa pergunta. E isso era perigoso.

Finkelstein parecia um pouco patético aos olhos de Carmelo, com seu aspecto de porquinho, suas apreensões, seu interesse em fazer o melhor trabalho possível, enquanto os outros queriam, antes de mais nada, divertir-se e transar com as garotas do grupo.

— E como podiam saber o que você ia perguntar ao Presidente? — indagou Regina.

— Carmelo vai lhe dizer — respondeu o argentino.

— Bom, é que o León me disse pelo telefone isso que está nos contando. Que era, talvez, a oportunidade perfeita para se perguntar algo ao Presidente e coisa e tal.

— Essa é a questão — disse Finkelstein. — Alguém ouviu o que falamos e inventou a maneira de impedir que eu fosse à inauguração.

— Você quer dizer que grampeiam os telefones? — perguntou Regina.

— Sim, senhora. Bem, não sei se todos, mas não há dúvida de que ouvem as conversas de alguns jornalistas internacionais. Pelo menos os que podem incomodar.

Regina fez um gesto afirmativo com a cabeça. Podia ser.

— Eu não achei muito boa a idéia de forçar a pergunta, mas reconheço que Finkelstein tinha o direito de fazê-la — disse Carmelo, que logo se arrependeu de mencionar sua oposição ao plano do argentino. Então tentou corrigir o rumo: — Como ele disse, nós conversamos sobre esse assunto e não me parece exagerado pensar que tivessem grampeado os telefones.

— Uma forma de censura, viu? — acrescentou o argentino. — Não seria a primeira, é bom saber. Hoje mesmo o *Jornal do Brasil* diz que uma peça de teatro, *Gracias, Señor*, foi censurada; e acabaram de aprovar outra, *Oh! Oh! Minas Gerais*, depois de três anos de proibições e substanciais modificações no texto original. Tenho o recorte.

Carmelo leu em voz alta o pedaço de jornal que Finkelstein lhe entregou:

— "Por mostrar atos indecorosos entre pessoas do mesmo sexo e colocar os espectadores em perigo." É engraçado: as ditaduras acham que a liberdade nasce da ponta do peru.

Regina comentou então, em tom de confidência, que a censura sexual era o de menos. A censura política se estendia por todos os lados: a televisão era controlada com a ajuda do monopólio da Globo; os jornais se autocensuravam; o cinema e o teatro tinham que passar por um comitê de aprovação; e agora até os cantores eram submetidos a pressões: até os cantores!

— Vocês conhecem Chico Buarque de Hollanda? — perguntou Regina.

— Como não! — assegurou com firmeza Finkelstein.

— Conheço — disse Carmelo, que a duras penas o localizava como um compositor de sambas. — Aquele da banda passar cantando coisas de amor?

— Exato — disse Regina. — Pois ele tem várias canções censuradas. Há alguns anos proibiram a letra de *Apesar de você*, uma canção que só ataca indiretamente o regime, e agora as pessoas a cantam em coro nas suas apresentações. Enquanto o conjunto toca a música, ele fica em silêncio no palco.

Finkelstein e Carmelo se entreolharam perplexos.

— É compreensível, Camacho, que fiquem ouvindo conversas telefônicas e dando passos cuidadosos para abortar perguntas complicadas — continuou o argentino. — O hotel deve estar cheio de microfones. Por que acham que pedi a vocês que viéssemos conversar aqui?

Na volta Carmelo convidou Regina para almoçarem juntos, mas ela disse que tinha outro compromisso.

— Podemos nos encontrar depois do almoço — tentou o colombiano como último recurso.

— Preciso fazer algumas coisas — disse Regina (Carmelo ouviu uma voz interior que lhe dizia: Sérgio Pinheiro). E depois de alguns segundos acrescentou: — Mas de noite, se vocês quiserem, podemos nos despedir de São Paulo com umas caipirinhas.

— *Macanudo!* — exclamou Finkelstein, entrando na conversa. — Para almoçar tenho um lugar muito bom que me recomendaram no hotel.

— Vamos! — disse Nicanor, e se dispôs a acompanhar os outros ao restaurante La Casserole, no largo do Arouche. Por conta da organização, naturalmente.

Apesar de você

Terminado o almoço, Carmelo quis dar uma caminhada. "Sozinho", avisou aos seus dois colegas. "Você tem toda razão", disse o argentino antes de se despedir. "Está com a lagosta todinha na pança; precisa digerir."

Camacho passeou um pouco pelos arredores e comprou um jornal para se informar sobre os jogos da Taça Independência. Descobriu que a Colômbia jogava nessa tarde de sábado contra a Seleção da América Central. Pelo pouco que tinha conhecido, São Paulo lhe parecia uma cidade gigantesca que não conseguia disfarçar sua alma de aldeia. Algumas regiões do centro, especialmente um parque pelo qual passaram várias vezes, lembravam San Victorino, uma praça deprimida e lúmpen de Bogotá. São Paulo não correspondia à imagem de grande urbe que tinha dela. Os edifícios, muito altos, as lojas de departamento, muito luxuosas, e a proliferação de escriturários, muito uniformizados de azul-escuro e gravata, não conseguiam apagar a atmosfera indigente da cidade. Além do mais, havia agências bancárias demais para que o pedestre circulasse sem a sensação de que poderiam assaltá-lo a qualquer hora: lá dentro mais do que fora.

Após meia hora de caminhada, Carmelo se deu conta de que dedicara mais tempo do que o horroroso centro de São

Paulo merecia, e que o vinho e a lagosta tocavam o clarim pedindo uma sesta, de maneira que dirigiu seus passos para o hotel. Estava decidido a passar a tarde livre de cueca, no seu quarto, cochilando e vendo o jogo pela televisão e aproveitar a última noite em São Paulo para ir com outros membros do grupo à discoteca. Ainda teria tempo para dar um bom tratamento de xampu no seu cabelo arrepiado.

Quando chegou ao hotel, havia um pacote à sua espera. Vinha embrulhado em papel pardo e protegido com fita durex. Não figurava nenhum remetente, mas seu nome e o número do quarto apareciam escritos com total clareza. Apalpou-o. Continha um objeto duro, sólido, quadrado; como se fosse um tijolo, porém mais leve. Carmelo primeiro ficou surpreso e depois um pouco preocupado. Perguntou ao funcionário da recepção pela procedência do pacote, mas o sujeito, sem dar muita atenção ao caso, disse que não sabia: fora entregue no turno anterior. Carmelo esteve a ponto de lhe pedir para avisar à Polícia. Mas se conteve. Por um instante viu a si mesmo como uma versão de León Finkelstein, que sempre descobria fantasmas onde não havia nada, esperava pacotes-bomba e observava as coisas de soslaio como se o estivessem perseguindo. De modo que pegou o embrulho e a chave e subiu para o quarto um pouquinho apreensivo.

Uma vez em seu território, abriu o pacote com dedos tímidos e ficou feliz por não ter provocado um alarme absurdo: era o gravador de Regina, com um cassete enfiado. Também encontrou três folhas de papel. A primeira era um pequeno bilhete que dizia: "Espero que você goste". As outras duas pareciam conter um poema.

Sorriu por um momento pensando na situação ridícula de que acabava de se livrar: um policial especialista em desativar bombas chega no meio de um estrondo de sirenes, abre o pacote com habilidade de técnico enquanto todos tremem escondidos atrás do balcão, e encontra um gravador, um poema e um cassete onde Regina lhe diz... O que diria Regina? E por que escolheu esse meio para dizê-lo? Um pouco aturdido pela emoção pressentida, Carmelo se deitou na cama; com mão insegura apertou a tecla *play*, disposto a conhecer a mensagem que a jovem lhe deixara depois do desencontro — outra vez a palavrinha — que tiveram na inauguração do Palácio das Convenções.

Mas não ouviu a voz de Regina. O que ouviu foi um coro que se aproximava cantando um samba: repetia a mesma frase em português acompanhado por um violão e alguns elementos de percussão. Depois começou a ouvir uma voz masculina solista e, no fundo, o lamento suíno da cuíca. Julgou entender qual era o assunto. Pegou as folhas — tinham o timbre do hotel — e leu o poema. Reconheceu então o texto da canção que soava no gravador.

Escrita em letra cuidadosa e feminina, a folha dizia:

"A pesar de ti (usted?)"

Letra y música: Chico Buarque de Hollanda

Hoy eres tu quien manda,
ya se habló, quedo hablado,
no tiene discusión, no,
mi gente anda ahora
hablando de lado
y hojeando para el piso,¿ ves?

tu que inventastes este estado
e inventastes de inventar
toda la oscuridad
Tu que inventastes el Pecado
olvidastes de inventar
el perdón
A pesar de ti
mañana va a ser
otro día
pregunto a ti
donde te vas a esconder
de la enorme euforia
Como vas a prohibir
cuando el gallo insista
em cantar
Agua nueva brotando
y la gente amando
sin parar.
Cuando llegue el momento
este sufrimiento
voy a cobrarlo com recargos (?), juro
todo este amor reprimido
ese grito contenido
este samba en lo oscuro
tu que inventastes la tristeza
ahora tem la finesa (?)
de desinventar
Tu vas a pagar y es doblado
cada lágrima rodada
em ese mi penar.

A pesar de ti
*mañana va a ser otro día.**

Estava traduzida num espanhol bastante tosco, com algumas dúvidas marcadas (?), ortografia pérfida e sintaxe torta, mas Carmelo se surpreendeu com o domínio que Regina demonstrava numa língua que não era a dela, e agradeceu o esforço com emoção.

A letra da canção continuava na página seguinte, mas o colombiano achou que terminar de traduzi-la ao espanhol lhe exigia muita concentração. Além do mais, não estava prestando atenção à canção original que o gravador triturava e, afinal, pensava que seu português tinha melhorado muitíssimo nos últimos três dias e podia entender perfeitamente, sem necessidade de intermediários, o que Chico Buarque de Hollanda cantava.

Carmelo pensou ouvir no meio da gravação algumas vozes e uma tosse sufocada. Imaginou que fora feita numa loja de discos, mesmo clandestinamente, sem que o vendedor soubesse. Regina tinha trabalhado com esmero a fim de introduzi-lo no mundo de Chico Buarque. Teve então a sensação de que, para se dedicar a essa tarefa, a garota devia sentir muito carinho por ele, e os pêlos de sua nuca se eriçaram.

---

*"Apesar de você" Hoje você é quem manda/ Falou, tá falado/ Não tem discussão/ A minha gente hoje anda/ Falando de lado/ E olhando pro chão, viu/ Você que inventou esse estado/ E inventou de inventar/ Toda a escuridão/ Você que inventou o pecado/ Esqueceu-se de inventar/ O perdão/ Apesar de você/ Amanhã há de ser/ Outro dia/ Eu pergunto a você/ Onde vai se esconder/ Da enorme euforia/ Como vai proibir/ Quando o galo insistir/ Em cantar/ Água nova brotando/ E a gente se amando/ Sem parar/ Quando chegar o momento/ Esse meu sofrimento/ Vou cobrar com juros, juro/ Todo esse amor reprimido/ Esse grito contido/ Este samba no escuro/ Você que inventou a tristeza/ Ora, tenha a fineza/ De desinventar/ Você vai pagar e é dobrado/ Cada lágrima rolada/ Nesse meu penar/ Apesar de você/ Amanhã há de ser/ Outro dia.

Mas depois entendeu que com certeza o carinho de Regina se dirigia a Chico Buarque e não a ele. Olhou o relógio. Eram quase sete horas. Tinha tempo para ouvir mais algumas vezes o samba, dormir um pouco, tomar um bom banho inundado de xampu e depois ver um pouco do jogo Colômbia e América Central pelo Grupo I da Taça. Depois se reuniria com os outros para ir ao Batucada. Era a última noite em São Paulo. Era preciso festejar.

Só faltavam uns poucos JIs na discoteca. A ambientação era tropical-turística-*kitsch*; proliferavam os cestos exuberantes de frutas de plástico e as cores primárias intensas, mas havia boa música dançante e a administração reservara um bom lugar para os convidados da Expo.

O primeiro a piscar o olho para Carmelo e mostrar-lhe um abacaxi em cujo interior florescia uma lâmpada cor laranja foi o descabelado japonês. A fruta da luz, disse. Ramsés se mostrava especialmente amável com Carmelo e Finkelstein. Ignorando seu cargo de subsecretário do Ministério do Interior, foi buscar pessoalmente a segunda rodada de caipirinhas e sentou-se para falar com eles de maneira cúmplice e varonil sobre a bunda das garotas que dançavam na pista. Nicanor, sempre fiel aos seus companheiros de língua, acompanhava-os em silêncio e se encarregava de administrar suas próprias rações de caipirinha. Usava, outra vez, o terno azul-pálido da primeira noite.

Um pouco antes, quando se reuniram no vestíbulo do hotel, Camacho havia cumprimentado Regina com um expressivo beijo na bochecha encharcado de água-de-colônia Roger Gallet e agradecido pela fita de Chico Buarque. O colombiano realizara com cuidado seu trabalho de análise musical e textual, o que lhe permitiu comentar com Regina a sensação de advento, de amanhecer, de presságio redentor que se nota na canção. Regina ficou encantada por Carmelo ter captado isso, e acrescentou que, ao mesmo tempo, bem poderia tratar-se de uma história de amor frustrado. Considerava maravilhosa essa ambigüidade. Pelo que você me contou — comentou Carmelo —, os militares não acham que se trate de uma história de amor. Exato, disse ela. Por isso, depois de aprovarem a canção, acabaram censurando. A explicação que Chico deu aos censores é até mais engraçada que uma história de amor. É uma história avícola. Chico disse a eles que a canção conta a história de um galo que estava convencido de que só amanhecia quando ele cantava; um dia esqueceu de cantar e, apesar de você, amanheceu. Carmelo soltou uma gargalhada: E acreditaram nele? Que nada!, disse Regina: E muito menos quando alegou que tinha sido escrita em homenagem ao general Médici. Carmelo tornou a rir e deu os parabéns à jovem pelo seu espanhol: a tradução era bastante boa. Regina mordeu o lábio inferior com ar travesso e confessou que praticara uma pequena artimanha. Ah, sim? Qual foi? Mas, antes que ela respondesse, Sérgio Pinheiro havia chegado e, num excesso de alegria, abraçava fortemente os dois: a Colômbia estava demolindo — usou este verbo — a seleção dos países centro-americanos e ele tinha a obrigação de compartilhar a euforia do seu amigo Carmelo. Esta noite vamos comemorar!, disse ao colombiano, e lhe aplicou um novo abraço tão exultante quanto desagradável.

Agora estavam na discoteca e Sérgio não parava de comemorar. Comemorava tudo: a vitória da Colômbia, a corrida com os restos mortais de dom Pedro I, a última noite em São Paulo... Além do mais, havia institucionalizado o monopólio de Regina, a quem não desamparava nem por um instante. Ela olhava às vezes para onde estavam Carmelo e seus amigos e fazia uma cara de divertido desconsolo.

Minerva Maria se empenhava em atender os convidados; parecia um pouco gordinha e vulgar mas maravilhosa num vestido verde. Falava com eles em voz baixa e os fazia rir. Com a terceira caipirinha, Ramsés se especializou em Finkelstein. Discretamente pegou-o pelo braço e o levou para outro lugar da sala, afastado da música, onde se dedicaram a conversar de maneira cordial sobre política. Nicanor Jiménez, que não se separava de Carmelo, perguntou se ele tinha gostado da tradução de "Apesar de você" que, na sua opinião, deveria ser mais adequadamente traduzido como "A pesar de usted", embora Regina lhe houvesse explicado que a forma de *tu* em português é "você". Carmelo ficou surpreso: então a assessoria de Jiménez era a tal "pequena artimanha" de Regina na tradução? Enquanto Carmelo pensava que nem a sintaxe nem a ortografia da versão faziam propriamente a glória do jornalismo mexicano, Nicanor explicou, glorificado, que a jovem o chamara ao seu quarto pedindo para ajudá-la na tradução da canção ao espanhol. Achei que era muito bonita, mas tivemos algumas dúvidas, que preferi deixar marcadas com um sinal de interrogação, esclareceu Nicanor: O senhor gostou? Carmelo mentiu e disse que sim. Desculpe pelos erros de ortografia, acrescentou o mexicano.

Aproveitando uma pausa na música, Sérgio, que já se mantinha em pé com dificuldade e se abraçava em Regina para não cair, propôs um brinde de todos à Irmandade Internacional. Carmelo julgou ver um olhar de desaprovação em Ramsés, mas, de todo modo, ele e os outros ergueram os copos. O japonês subiu então numa das poltronas e fez um gesto de orador. Quando todos concentraram os olhos e os silêncios nele, soltou um discurso veemente em japonês que levou quase dois minutos, e de cujo sentido tiveram uma vaga notícia posterior por intermédio de Ayumi. Era o brinde tradicional da casta dos Shogun ou coisa parecida. De qualquer maneira, ao terminar, todos irromperam em aplausos e gargalhadas e o alemão simpático levantou sua caipirinha e gritou: *Kanpei*! Terminada a balbúrdia, Sérgio Pinheiro desmoronou sobre um almofadão e caiu irremediavelmente no sono.

Regina se aproximou então do lugar onde estavam Nicanor e Carmelo, e por um tempo continuaram conversando sobre Chico Buarque. Era uma situação incômoda. Dois deles sabiam que sobrava um terceiro, mas o terceiro não percebia nada. Quando Minerva Maria tirou o mexicano para dançar, Carmelo lhe dirigiu um olhar de agradecimento, que ela respondeu piscando um olho. Só então Carmelo percebeu que Ramsés estava observando a cena: talvez tivesse enviado Minerva Maria para resgatá-lo.

Regina falou sobre um novo disco chamado *Construção* e disse que era a obra-prima de Chico Buarque. Ela e Carmelo estavam afastados do grupo, num setor meio escuro da discoteca. Vários JIs já tinham voltado para o hotel; outros conversavam, absortos nos seus próprios assuntos, como Finkelstein e Ramsés, ou dançavam com as guias e as intérpretes.

— Posso falar com você como se fala com um pai? — perguntou Regina a Carmelo com repentina seriedade.

— Vamos ficar em irmão mais velho — corrigiu Camacho, e logo se arrependeu de ter tentado, mais uma vez, ser engraçado.

Mas Regina não levou a mal. Sorriu e pôs a mão na testa. Desculpe, disse. Carmelo notou que parecia mais bonita do que quando falou com ela no vestíbulo do hotel. Ganhara uma intensa semelhança com Natalie Wood, o que o levou a imaginar rapidamente uma equação: Regina + 2 caipirinhas = Natalie Wood. No fundo dos olhos verdes brilhava um pequeno fogo marrom.

— Desculpe — emendou Regina. — Posso falar com você como se fala com um *irmão mais velho?*

— Vamos lá — disse Carmelo.

Passaram-se alguns segundos. Regina parecia estar procurando as palavras adequadas, ou tentando esclarecer os próprios sentimentos.

— Pode falar o que quiser — incentivou Carmelo —, estou ouvindo.

— Não sei o que está acontecendo comigo — explicou ela resolutamente. — Estou confusa, me sinto mal, tenho um emaranhado de coisas na cabeça.

Com o olhar, Carmelo convidou-a a prosseguir.

— Deixe eu me organizar um pouco — suspirou Regina. — Até uma semana atrás, eu era uma pessoa sem problemas. Tinha um bom emprego em Brasília, uma família no Rio que procuro visitar sempre que posso e — aqui vacilou um pouco —, há uns dois anos, um namorado de quem gosto.

Carmelo conseguiu disfarçar com ar de indiferença essa novidade inesperada.

— Em Brasília? — perguntou.

— Em Brasília. É um rapaz americano que trabalha na embaixada do país dele. Já está há três anos como funcionário de informações e desconfio que, dentro de alguns meses, quando seu prazo terminar e ele for transferido, terei que tomar uma decisão.

— Isto é, se vai se casar com ele e ir embora, ou se vai ficar sozinha regando as plantas.

— Mais ou menos — explicou ela.

— Não vejo nisso nada de preocupante — começou a dizer Carmelo. — Se você está apaixonada, vá com ele até o fim do mundo. Se não, fica na sua casinha.

Regina respirou fundo e olhou para Carmelo com os lábios apertados. O colombiano já notara que ela apertava a boca quando estava prestes a dizer alguma coisa que não era fácil expulsar.

— O problema não é esse — disse por fim em voz mais baixa —, o problema é que acho que estou apaixonada por outro. Não me diga que não está sabendo, Carmelo!

Camacho sentiu que podia fazer uso do seu direito de mentir.

— Olhe: agora que você diz com certa clareza, creio que entendo — respondeu.

— Pois é. Acho que estou apaixonada por outro. Por outro que conheço há poucos dias e com quem penso que tive uma relação muito mais intensa em tão pouco tempo do que com meu namorado em dois anos.

— Em menos de oito dias — interveio Carmelo com um pouco de maldade. Quando bebia uns drinques a mais não era difícil que lhe surgisse um toque agressivo.

— Em nove, para sermos mais precisos — corrigiu ela. — Os organizadores da viagem chegaram a São Paulo há mais de uma semana.

— Espere, espere... — tentou retificar Carmelo. — O que quero dizer é que bastam três, dois dias para que essas coisas aconteçam.

— Isso — concluiu Regina. — Não sei o que está acontecendo comigo, não sei o que vai acontecer, não sei realmente o que estou sentindo.

Nesse momento Jiménez se aproximou deles e disse a Camacho que pedira um disco especialmente para ele. Um segundo depois se ouvia "Se va el caimán". Carmelo agradeceu e empurrou-o para que fosse dançar com alguma das garotas como representante dos dois.

Regina continuou:

— Não me pergunte se não gosto do outro, o de Brasília, ou se com Sérgio fui vítima de uma paixão à primeira vista.

— Não, não vou perguntar, porque me parece que é evidente.

Regina jogou o cabelo preto para trás com um movimento nervoso.

— Passe isto — pediu a Carmelo.

Eram as sobras da última caipirinha que Nicanor Jiménez havia deixado sem beber.

— Era do mexicano — avisou Carmelo. — Vou trazer outra.

— Não, não, para mim tanto faz de quem era: fique aqui.

Regina bebeu o que restava no copo.

— Você sabe o pior? — perguntou depois a Carmelo. — É que não gosto especialmente nem sequer do Sérgio.

— Bem, bem, está começando a parecer masoquismo — disse Carmelo sem conseguir se conter.

— Estou falando com meu irmão mais velho, não é mesmo?

— Com o seu avô, se quiser.

— Menos, menos — sorriu Regina. — Sim, a verdade é que não gosto especialmente do Sérgio. Não digo que não goste dele, dá para entender? Ele é amável, simpático, bom funcionário, atraente...

— Muito atraente — ajudou Carmelo. — Mesmo eu, que sou homem, percebo. Tem jeito de zagueiro central do Botafogo.

— Eu me divirto com ele. Mas, como explicar, parece um pouco superficial, um pouco Brasil-o-maior-do-mundo, um pouco Vamos-ganhar-de-todos, esse tipo de coisa.

— "Impávido colosso".

— Isso! — riu Regina. — É curioso: estou vivendo uma situação encantadora, embora ele não me encante particularmente. Já não sei se é amor, ou sexo, ou se não gosto do americano, ou se estou tentando me livrar de alguma coisa, ou de tudo...

O semblante da Regina era outro. Estava um pouco angustiada. Pôs a mão em cima da mão de Carmelo:

— Não sei o que há comigo, estou numa confusão... À deriva, querido. Em nove dias.

Carmelo pensou que ela ia chorar e ele estava disposto a fazer qualquer coisa para evitar isso. Segurou sua mão e disse:

— Não se preocupe. Não é nada. Você é vítima do Efeito Bolha.

Regina olhou para ele com atenção.

— O Efeito Bolha — prosseguiu Carmelo, satisfeito com o eco imediato de suas palavras — é uma coisa muito esquisita. Aparece em circunstâncias especiais e temporárias, como uma viagem, umas férias, um curso de verão, sei lá. Enfim: em qualquer situação em que se junta durante um tempo, definido de antemão, um grupo de pessoas que mantêm uma intercomunicação muito intensa durante esse período. O nome do fenômeno é meu — pigarreou.

— Continue, continue — pediu ela.

— Por certas circunstâncias excepcionais de, digamos, aceleração psicológica, enquanto eles estão nessa bolha acontecem coisas que não aconteceriam em outra situação, e acontecem em velocidade maior, muito maior do que aconteceriam na vida cotidiana.

— É verdade — disse Regina, como se tivesse visto a luz.

— Você faz amizades muito sólidas, quer dizer, sólidas enquanto dura o Efeito Bolha; você se apaixona, vive intensamente situações esquisitas: sei lá, começa a gostar de coisas esquisitas, repete uma canção, começa a se vestir de maneira diferente de como se veste todo dia.

— Faz coisas que ficaria com vergonha de fazer em outra situação — acrescentou Regina.

— Imagino — disse Carmelo prudentemente, covardemente. — E mais: você deixa de ser você por um tempo, passa a encarnar um personagem. Melhor: você vira um personagem que inventa para essa ocasião. Talvez seja um personagem em que sobressaiam algumas condições que você não tem na vida normal. Por exemplo: na certa o nosso querido japonês jamais pronunciou nem pronunciará um discurso de brinde em Tóquio. E o correspondente do *Washington Post* deve ser um marido amantíssimo que não manda papeizinhos com propostas atrevidas a suas colegas de trabalho.

— Era verdade! Você sabia que era ele!

— Nunca menospreze um jornalista colombiano.

— Que jornalista coisa nenhuma — replicou Regina com estupor tão exagerado que equivalia a uma absolvição. — Ainda não perdoei você por ter metido o nariz na minha pasta.

— Está vendo? Em circunstâncias normais, eu nunca fuçaria papéis alheios. Coisas do Efeito Bolha. Mas, enfim, num dado momento essa bolha faz plop, amiga, e se acabou:

desaparece esse mundo onde a realidade estava em suspenso e tudo volta a ser como era, e daquela experiência só restam boas lembranças: é raro que as coordenadas, digamos, da bolha ultrapassem o plop.

Por alguns minutos a garota pareceu aliviada e contente. A tese do Efeito Bolha mostrava que seu caso não era único, e que tinha solução. Certamente o plop iria curá-la. Carmelo se levantou e voltou com outra caipirinha.

— Como lhe ocorreu essa tese tão sensata? — perguntou Regina.

Camacho sentiu que estavam mais próximos do que antes. Pensou que talvez a distância não houvesse mudado, mas agora percebia que suas pernas se tocavam e quase sentia o hálito de Regina. Nesse momento a viu muito parecida com Liz Taylor, mas com pele morena. Regina + 3 caipirinhas = Liz Taylor. Sentiu lá dentro um frio intenso que quase o levou a se aproximar mais ainda da jovem. Mas foi um impulso que se desvaneceu de repente quando ela falou de novo:

— Então, diga lá, irmãozinho mais velho, como lhe ocorreu essa tese?

"Irmãozinho mais velho". Uma paulada que o trouxe de volta à realidade. Carmelo se recompôs e culpou-se internamente por ter-se deixado levar durante alguns momentos por essa pequena bolha que era, dentro da Grande Bolha, o cantinho da discoteca.

— Não sei — disse, um pouco distante. — Os anos, talvez, a minha condição de irmão mais velho. Muitas viagens. Muitas bolhas. A experiência: estes cabelos brancos que lutam aqui em cima contra o que foram cabelos pretos.

Depois ficou em silêncio. Regina notou a mudança de atitude. Olhou para ele fixamente até que ele a observou durante um segundo; então Carmelo tornou a desviar a vista e percorreu com os olhos a decoração da discoteca, como se estivesse interessado nas paredes dos arredores. Passaram-se alguns segundos.

— Ficou chateado? — disse Regina.

— Chateado com quê?

— Ser chamado de irmão mais velho.

— Rá! — Carmelo fingiu rir. — Imagine! Eu mesmo sugeri que você me chamasse assim.

— É, para não chamar de pai.

— Você não me conhece nem um pouquinho, menina. Não tem idéia das coisas que me chateiam de verdade.

— Mas você mudou.

— Ah, é? Nem percebi. Vai ver é o cansaço. Foi um longo dia.

— Pode ser — disse Regina. — Talvez seja hora de ir embora. Não há muitos ainda em pé.

— É verdade. E também tenho que ajudar você a levar o Sérgio.

Os dois se levantaram e de repente Regina disse, como se não falasse com ele:

— Pena.

— Pena o quê?

— Pena que você não queira conversar mais, porque eu ainda não tinha terminado minhas perguntas.

Carmelo segurou-a suavemente pelo braço e a obrigou a sentar-se. Precisava demonstrar que um homem de cinqüenta anos não se importava em ser chamado de "irmão mais velho" por uma garota de vinte e poucos.

— Fale — disse a ela. — Sabe que eu quero ajudar você.

— Falta o mais importante — disse Regina. — Você me explicou por que me acontece o que me acontece. Mas não me disse o que devo fazer.

— É verdade — aceitou Carmelo. — Vou dizer em Salvador, na Bahia. Parece que é uma cidade mágica. Acho que vai ser a atmosfera perfeita para continuarmos falando sobre o assunto.

— O problema — começou Regina, mas custava a terminar.

— O problema... — veio Carmelo em seu auxílio.

— O problema é que não vou à Bahia.

Carmelo não conseguiu disfarçar a surpresa e o desagrado que a resposta lhe causava.

— Não lhe disse antes? — perguntou Regina.

— Não — disse Carmelo.

— Pensei que tivesse dito. Bem, o caso é que preciso viajar periodicamente a Brasília com material desta viagem para classificar no nosso escritório central e enviar para as embaixadas, sabe?

— Devia ter desconfiado de tanta eficiência — observou Carmelo. — Aliás, tenho que devolver o gravador.

— Não, não, o gravador é o de menos. Não vou precisar dele no escritório. Vamos nos reencontrar em Brasília terça-feira que vem.

— Lembranças ao gringo.

— Não seja sarcástico, por favor. Estou pedindo ajuda, não ironias.

— Desculpe — Carmelo entendeu que se comportara de novo como um colegial e segurou a mão dela. — Você tem toda razão.

— Esqueça. Mas me dê um conselho sobre aquela história — Regina retirou a mão. — O que eu devo fazer?

— Menina, se você não sabe o que fazer, como eu posso lhe dizer?

— Você sabe o que fazer nesses casos, porque deve ter passado por situações semelhantes.

Carmelo abaixou a cabeça e permaneceu calado por alguns segundos. Depois disse decidido:

— *Carpe diem.*

— *Carpe diem...?*

— Isso: pegue a flor do dia. Aproveite o que lhe é dado, viva o presente sem pensar no que virá amanhã. Fique na sua bolha, enquanto ela durar. Depois, quando o plop acontecer, se verá.

— *Carpe diem* — repetiu Regina.

— Exato: curta o presente. E agora, me ajude a levantar o *carpe* Sergium, porque já é muito tarde e precisamos levá-lo para o hotel e todo mundo já foi embora e eu viajo amanhã para a Bahia.

O imperador do Caribe

Era tamanha a sua ressaca que não chegou a saber em que momento certas coisas aconteceram, por mais que fizessem parte da enfadonha realidade das viagens: fazer a mala, deixá-la na porta, vestir-se, descer para a recepção, seguir para o aeroporto num dos ônibus, embarcar no avião, viajar durante duas horas e meia, aterrissar em Salvador, descer do avião sob uma claridade sem compaixão... Em compensação, sentia como realidade tangível o que só podia ser um sonho: um grupo de negras com amplas saias brancas e panos da mesma cor amarrados na cabeça dançavam ao redor dos visitantes, enquanto um conjunto tocava música alegre. Carmelo pensou que era um sonho excessivamente real e jurou que não voltaria a beber cachaça pelo resto da vida. Agora uma dessas criaturas se aproximava dele, segurava sua mão, obrigava-o a dar uns passos de dança sob a luz artificial do salão de bagagens, depois o premiava com um colar de contas coloridas e lhe dava um beijo na boca enquanto seus companheiros irrompiam em risadas e aplausos. Mas eles também entravam na dança; até o alemão hermético soltava seu esqueleto de pedra nas lajotas, incapaz de articular um único movimento em harmonia com a música, e Sérgio Pinheiro oferecia a todos seu sorriso branquíssimo e algumas destrezas coreográficas do alto do seu metro e oitenta e oito, e Ayumi, a japonesa, encolhia os bracinhos nervosamente temendo o pior, até que, de fato, também tiraram os ossos de Ayumi para dançar, e Nicanor Jiménez dançava com um senso rítmico apertadinho e mexicano que mereceu as palmas das negras deliciosas, e dançava com os ombros erguidos como se estivesse pedindo desculpas à inglesa alta, e dançava desajeitadamente o feroz gaúcho León Finkelstein, e dançava com soltura o ex-correspondente no Brasil, e o jornalista francês, aprendiz de don Juan, esticava os lábios e fechava os olhos para receber o grande ósculo ritual, mas, oh surpresa do dom Juan inalterável, quem lhe aplicava o beijo cego na boca era o japonês, que com esse gesto acabava de ratificar sua condição de favorito do grupo e das negras, que agora não podiam mais dançar de tanto rir da sua tirada.

Não. Não era um sonho. Quando Carmelo saboreou uma caipirinha meio fraca que as negras ofereciam, entendeu que tudo aquilo era realidade e que lhes estavam dando folclóricas boas-vindas a Salvador da Bahia. "Por Xangô!", gritou de repente uma negra grandona que parecia ser a chefe do grupo de dança. E ergueu seu copo. "Por Xangô!", responderam todos timidamente em coro e tomaram a caipirinha até o final, a maioria deles sem saber por quem diabos estavam brindando.

O hotel era dos anos 1940, talvez dos 30, um pouco decadente em seu aspecto externo, mas confortável e acolhedor por dentro. Gostaria de dormir durante vários dias seguidos, mas Minerva Maria, pelo telefone, encarregou-se de lembrar que, apesar de ser domingo, o secretário de Turismo estava à espera deles com um delicioso vatapá num restaurante típico.

— Um quê? — perguntou Carmelo.

— Um restaurante típico — explicou.

— Não brinque comigo. Estou perguntando qual é a coisa tão deliciosa que nos espera.

— Vatapá. Venha e prove. Não vai se arrepender. Roupa informal, como você gosta.

— Dê uma pista.

— Nada embaixo d'água.

— Era o que eu temia.

— Em Salvador, sempre há um prato de peixe ou um doce pela frente.

— A presença é obrigatória? — perguntou Carmelo sem muitas esperanças.

— Você sabe o que Ramsés diz — respondeu Minerva Maria: — Aqui nada é obrigatório... mas é melhor você vir.

Enquanto se refrescava no banheiro, Camacho ligou o gravador e ouviu de novo "Apesar de você".

Sérgio Pinheiro salvou o almoço. Tinha examinado a imprensa local e chegou com um recorte no qual se anunciava que o roteiro do cortejo de dom Pedro I sofrera uma mudança inesperada. Um movimento historicista adverso a dom Pedro se opunha a que os restos mortais do monarca fossem homenageados em Pernambuco; após a ameaça de uma manifestação de protesto silencioso diante do corpo presente, o movimento conseguiu que a escala em Recife fosse eliminada da peregrinação. Com isso, dom Pedro chegara a Salvador um dia antes do previsto e os Ilustres Jornalistas Internacionais iam encontrar com ele.

O grupo que participava da corrida com dom Pedro ficou com água na boca com a perspectiva de encontrá-lo no caminho. Finkelstein quis saber exatamente por que Pernambuco protestava. Após um novo exame dos recortes da imprensa, Sérgio explicou que em 1824 um grupo de republicanos notáveis encabeçados pelo jornalista Frei Caneca, da publicação *Tifis Pernambucano* (Finkelstein estava de papel e caneta em punho e anotava furiosamente as informações), rebelou-se contra o privilégio que o monarca tinha de nomear presidentes provinciais e, mais especificamente, contra um presidente que o imperador tinha designado para o Estado. Então se declararam um país independente que chamaram de "Confederação do Equador" e nomearam seu próprio presidente. O problema foi resolvido quando dom Pedro mandou tropas imperiais dominarem a revolta e os militares tomaram Recife e mataram dezesseis líderes republicanos.

— Dezesseis!? — exclamou apavorado Finkelstein.

— Sim, senhor: fuzilados.

— Entre eles estava — Finkelstein consultou suas notas — o amigo Frei Caneco?

— Caneca. Estava. Sinto muito — confirmou Sérgio com pesar.

Nessas condições, os historiadores de Recife, depositários da tradição republicana, negaram-se a aceitar a chegada do venerável presunto a essa pátria que com tanta sevícia havia oprimido.

O pequeno comitê de JIs, que consumia com liberalidade o denso purê de vatapá e a leve bebida de cachaça, considerou solenemente que devia prestar uma homenagem de solidariedade ao companheiro Caneca e, portanto, era preciso estudar que rumo deveriam tomar daí por diante suas relações com um imperador que fuzilara jornalistas. Finkelstein sugeriu que descartassem a pena de morte, já que tudo indicava que o opressor havia falecido fazia anos. O ex-correspondente do *Washington Post*, vizinho na mesa, opinou que deveriam retirar-se imediatamente da corrida. Finkelstein não gostava da idéia de jogar a toalha, sobretudo quando estavam na frente da disputa. Carmelo teve então a idéia de uma fórmula que reunia o triunfo e o protesto: amanhã mesmo a corrida deve terminar, em solidariedade ao companheiro Caneca, e assim a equipe dos Jornalistas Internacionais será campeã e dom Pedro, inevitavelmente, ocupará o segundo lugar. Todos acharam sábia a solução e houve um esboço de aplauso, mas Finkelstein sugeriu, também, uma visita protocolar aos restos de dom Pedro, "para mostrar que sabemos ganhar com nobreza". Sérgio, olhando de soslaio para Ramsés, que estava no extremo oposto da mesa, pediu que tudo fosse feito com a maior discrição. Carmelo apoiou: seria uma insensatez que a exoneração de Sérgio Pinheiro do seu cargo de Coordenador de Relações Públicas e Enlace do Ministério do Planejamento se somasse ao fuzilamento do companheiro Caneca na longa lista de atentados contra a liberdade de imprensa no Ocidente. Subcoordenador, corrigiu Sérgio com humildade. O americano, Finkelstein e o próprio Sérgio foram encarregados de examinar as condições e características de uma visita protocolar aos restos mortais do imperador.

Às cinco, depois de uma sesta que tentou domesticar a baleia ingerida, Carmelo atendeu à convocação para uma pequena caminhada pelo Pelourinho. Imperava um aroma penetrante de azeite de dendê, que vinha dos tabuleiros de acarajé postados nas esquinas. Um menino descalço de oito ou dez anos se aproximou do grupo e ofereceu seus serviços como guia. Vestia uma esfarrapada camisa 10 da Seleção Brasileira. Ayumi acariciou seu cabelo e o negrinho segurou sua mão. Entraram na igreja do Bonfim e, na saída, foram assediados por vários vendedores de fitinhas da sorte para amarrar no pulso.

Embora o sol já estivesse baixo, começando a se esconder, o calor continuava reverberando nas ruas de Salvador. Um gato preto escapuliu por uma janela. A noite certamente também seria muito quente. Era a primeira vez que Carmelo visitava essa cidade e no entanto tinha a sensação de conhecê-la. Sentia que havia percorrido antes aquelas ruelas e vira as negras cujos trajes se derramavam em cascatas de rendas que parecem enormes suspiros de padaria; sentia que havia comprado mangas daquelas que se exibiam em travessas com abacaxis e pedaços de mamão. Tinha certeza de já ter sentido o sal nas paredes descascadas e aspirado o cheiro de peixe que fazia parte do ar morno. Pareciam familiares as sombras compridas que as torres das igrejas projetavam sobre os telhados vizinhos e os gritos dos vendedores ambulantes. Já antes, seu nariz se impregnara do aroma de fritura que deixava rastros nas calçadas. Olhou para as paredes de cores vivas e desiguais manchadas de uma lama escura: azuis sujos, amarelos com remendos de laranja, vermelhos desbotados pelo sal, muros de tom indefinido que haviam adquirido uma peculiar cor verde-tempo. Carmelo tentava explicar a Minerva Maria que tudo aquilo era novo e no entanto já era conhecido por ele. "Já vi tudo isso antes, tenho certeza; e olha que só tomei uma caipirinha no almoço e não acredito em reencarnação", esclareceu Carmelo, por via das dúvidas.

Do centro histórico passaram para a cidade baixa, na obrigatória visita ao Mercado Modelo. Lá flutuava um sopro de brisa. Caminharam com dificuldade entre as bancas apertadas e repletas de artesanato, e o colombiano apontou à inglesa alta uma bata branca enfeitada com bordados diante da qual, como era previsível, a mulher se desmanchou em elogios emocionados. De repente, no meio das mercadorias que dificultavam a passagem e o cheiro de dendê que parecia segui-los como um cachorrinho e a conversa musical das vendedoras negras, Camacho entendeu o que estava acontecendo e lhe veio à mente, como uma revelação, a explicação do *déja-vu*: era o Caribe. Embora Salvador se encontrasse a milhares de quilômetros de Cartagena das Índias, de Kingston ou de San Juan de Porto Rico; embora estivesse mais perto do trópico de Capricórnio que do Equador, era uma capital do Caribe. O mesmo mar, as mesmas pessoas, os mesmos cheiros, a mesma umidade esmagadora, o mesmo calor. A mesma luz. O mesmo salitre nos muros, como uma lepra. E até o mesmo anúncio enferrujado de coca-cola e os mesmos vendedores de cigarros a varejo.

"Tudo é Macondo", disse em voz alta, e tentou explicar a Minerva Maria a existência de uma geografia sensorial que ultrapassa os mapas convencionais. A assistente de Ramsés, porém, parecia mais interessada em pechinchar um vestido bordado.

Durante sua ausência, Carmelo havia recebido um telefonema de Brasília. Regina Campos Barbosa ligara, mas não deixou um número de telefone para responder.

Carmelo conseguiu guardar rapidamente o papel no bolso sem que Ramsés, que chegava à recepção, tomasse conhecimento do recado. Talvez estivesse ficando um pouco temeroso, como Finkelstein. Ou quem sabe não lhe interessava que alguém, que já se intrometera em seus assuntos livrando-o de Nicanor Jiménez na discoteca, se envolvesse ainda mais num assunto de claro caráter pessoal. Ramsés cumprimentou-o de maneira efusiva, como sempre. Estava recém-penteado, com uma roupa branca impecável e sapatos da mesma cor. Parecia ainda mais alto e mais sólido. Disse ao colombiano para não se esquecer do jantar com espetáculo folclórico programado para a noite e, quando Carmelo lhe perguntou o que estava fazendo na recepção uma hora antes do combinado, Ramsés sugeriu de maneira vaga que tinha descido para ver "o que havia por ali". Nesse instante também entrou em cena Minerva Maria. Ramsés se apressou a festejar a aparição de sua assistente como uma coincidência. Quando deu um beijo em sua bochecha, Carmelo aspirou um aroma de mulher recém-banhada, recém-perfumada, recém-vestida, recém-comida. Ramsés disfarçou perguntando a Minerva Maria se tinha algum plano em especial ou se queria dar uma volta com ele "por aí" até as nove. Minerva não tinha nenhum plano em especial, de modo que aceitou com satisfação o casual convite.

— E você? — perguntou a Carmelo. — Não vem conosco?

Como bem supunha Ramsés, a resposta negativa do fadigado Carmelo era óbvia; de maneira que se despediram e o colombiano subiu para o seu quarto com o papelzinho no bolso.

Ao longo do que restava da tarde, não parou de pensar no telefonema de Regina. Ela devia estar com algum problema. Teria revelado ao namorado de Brasília seus amores com Sérgio Pinheiro? Estaria torturada pelo remorso ao lado do namorado de dois anos? A bolha fizera plop? Precisava de ajuda?

Regina não ligou de novo.

Durante o bufê de pratos típicos que precedeu o espetáculo folclórico, Sérgio Pinheiro procurou Carmelo e Finkelstein com boas notícias. Havia apurado: os restos de dom Pedro, o *Perdedor* — Sérgio o batizara assim, num alarde de improvisação —, estariam expostos durante todo o domingo na sala principal da Prefeitura. Os JIs tinham a manhã desse dia livre para ir à praia, e durante a tarde havia um encontro com o presidente da Associação da Pequena Empresa Baiana. A homenagem devia ser no período vespertino, a fim de dar morte rápida à insuportável reunião programada com o presidente dos pequenos empresários. Para isso, era preciso incorporar a visita ao programa oficial; ou seja, tinham que comunicar a Ramsés o desejo dos visitantes de prestar uma respeitosa homenagem a dom Pedro, aproveitando a feliz coincidência da chegada da caravana histórica com a presença dos JIs. Será necessário salientar que essa chegada ocorreu depois da nossa e que só garante a dom Pedro o vice-campeonato?, perguntou Finkelstein. Sérgio recomendou mais uma vez que tratassem o assunto com delicadeza, porque Ramsés era um sujeito de pouco humor, bastante desembaraçado e capaz de pôr seu cargo em perigo. Você está amarelando diante desse imperador mumificado que mandou fuzilar o companheiro Caneca?, protestou Finkelstein. Não, não é isso — disse Sérgio —, é que estou começando a perceber que a brincadeira pode acabar mal. Carmelo declarou que entendia perfeitamente: Deixe que eu mesmo me encarrego da missão. E se dirigiu para o lugar onde Ramsés conversava com os alemães.

Voltou poucos minutos depois, otimista. Ramsés não podia cancelar o encontro com o presidente da Associação da Pequena Empresa Baiana para que o grupo se concentrasse na visita a dom Pedro, mas aceitava que aqueles que quisessem prestar homenagens ao imperador assim o fizessem, e os que preferissem obter dados econômicos sobre a região fossem à reunião com o empresário. Os amigos de Carmelo comentaram com regozijo a possibilidade de que "o setor mais sensível aos acontecimentos culturais e históricos" estivesse presente no salão da Prefeitura. Veremos — disse o colombiano — quantos de nós pertencem a esse setor. A homenagem, de todo modo, fora marcada para as seis da tarde, e Ramsés se encarregaria de avisar aos organizadores da caravana imperial sobre a visita dos Jornalistas Internacionais. Os sensíveis.

Mais tarde, enquanto apreciavam uma dança marcial de capoeira diluída ao gosto turístico e alguns episódios musicais temperados com macumba de exportação, Ayumi se aproximou maravilhada de Carmelo. Macondo, disse. É verdade, comentou Carmelo, encantado que essa japonesa tímida revelasse mais sensibilidade que todos os outros em relação à magia invisível que estabelece vínculos e amarras sem respeitar mapas nem culturas. Depois expôs a Ayumi sua teoria, fresquinha ainda, sobre a expansão da alma caribe para o sul do Atlântico. Ayumi ouviu boquiaberta e a certa altura pediu a inevitável licença para tomar notas.

Saindo de cena, o ex-correspondente do *Washington Post* cutucou duas vezes Carmelo em atitude cúmplice com o dedo nas costelas e, quando o colombiano quis responder, o outro esticou os olhos com os indicadores até deixá-los oblíquos, e sorriu. Desesperado, Carmelo agarrou a cabeça com as mãos.

Na recepção lhe informaram que havia uma ligação de Brasília. Mas o papel dizia que era do embaixador da Colômbia, e Carmelo nem sequer se deu ao trabalho de responder.

Na manhã de domingo, quando o colombiano saiu para a rua equipado para um banho de mar, a claridade quase lhe parte a cabeça. A praia, o sol e o mar não eram sua idéia de felicidade, mas, resignado, juntou-se aos colegas, que desfilavam rumo a um ônibus com destino à praia do Farol da Barra.

A delegação, tão ativa em São Paulo, aproveitava algumas horas de preguiça sem complexos. Os membros do grupo Expo Brasil haviam decidido tomar sol esticados na areia como jacarés, atendidos pelos garçons de um bar vizinho, cortesia da organização. Algumas das garotas jogavam vôlei de praia com os JIs, um pouco barrigudos, e com Sérgio Pinheiro, Adônis exibicionista, que usava uma sunga bem pequena. Proprietário de um copo de cerveja gelada, Ramsés se aproximou do trio hispano-americano — Camacho, Finkelstein e Jiménez — e formulou alguns comentários detalhados sobre o corpo das moças que estavam jogando na areia. Nicanor Jiménez havia optado por bermudas, chinelos de borracha e meias brancas, porque não pretendia entrar na água. "*Chilango** não chega ao mar", sentenciou o mexicano. As observações de Ramsés encontraram eco imediato nos outros. Havia começado uma Conversa Masculina. Não muito discreto, Jiménez perguntou a Ramsés por uns arranhões ainda frescos que exibia nas costas. Ramsés sorriu.

— Seria melhor que não tivesse me perguntado — disse com olhar de velho amigo. — Mas, como você perguntou... São de uma amiguinha que tenho aqui em Salvador. Um pouco apaixonada, não é?

Carmelo deduziu logo que não existia a tal amiguinha de Salvador. Os arranhões falavam bem dos ímpetos amorosos de Minerva Maria.

**Chilango*: natural da cidade de México. (*N. do T.*)

— Dizem que as mulheres mais apaixonadas são as brasileiras e as chilenas — aventurou Finkelstein, como se fosse depositário de uma experiência que lhe permitia oferecer catalogações.

Ramsés se mostrou cético.

— Qualquer mulher pode ser a mais apaixonada do mundo — filosofou, sorvendo um gole de cerveja. — Isso não depende de nacionalidades — e acrescentou, olhando para Carmelo: — Tenho certeza de que, nas circunstâncias adequadas, até uma japonesa pode ser um vulcão de paixões.

Carmelo suspirou fundo e se dispôs a responder sem muito ânimo. Mas Jiménez estava interessado em continuar a conversa sobre os arranhões.

— Duvido que essas feridas tenham desaparecido quando chegarmos a Brasília — disse Mister México. — Não acha que sua mulher pode ficar sabendo?

— Minha mulher não faz perguntas porque sabe que poderia obter respostas — respondeu Ramsés.

— Não entendo por que você supõe que tenho um caso com a japonesa — interveio, incomodado, Carmelo.

Ramsés abriu os braços e mostrou um amplo sorriso de malévolo inocente.

— Mas eu não disse nada! Estou falando em geral, não é mesmo, amigos?

— Ramsés tem razão — disse Finkelstein, divertindo-se um bocado. — Se você fica tão ofendido, é porque está escondendo alguma coisa.

— Juro que só falei com Ayumi sobre *Cem anos de solidão* — protestou Carmelo.

— É claro! — exclamou Ramsés dando uma piscadela para os outros.

— E você, como fica? — Camacho desafiou Finkelstein. — Não venha me dizer que telefona para a sua mulherzinha todas as noites e pede antes de deitar a bênção em voz tatibitate para a sua filhinha.

— Minha mulherzinha, que lê muito as suas colunas...

— Você já me disse — replicou Carmelo. — Não mude de assunto.

Finkelstein parecia gostar de estar vinculado a essa conversa de compadres e optou por fazer uma confissão.

— Está bem — disse o argentino. — Quando chegarmos ao Rio de Janeiro vou apresentar a vocês uma *chiquita* que conheci quando passei uns dias lá, a caminho de São Paulo. Fiquei louco de amor.

— Não brinca! — exclamou Carmelo.

— Como foi isso? — perguntou Jiménez, que havia tirado os chinelos e as meias e brincava de abrir e fechar os dedos dos pés.

— Bem, naqueles dois dias fui dar uma volta e encontrei essa *chiquita*, uma garota de família tradicional, muito ingênua mas lindíssima; ficamos conversando e a coisa acabou como tinha que acabar, transando. Uma barbaridade! A menina parecia ter um motor na pélvis, juro. Dafne é o nome dela.

Ramsés fez cara de cortês admiração.

— Caramba, Finkelstein — disse Carmelo. — Quem poderia adivinhar que por trás desses óculos de Mister Magoo e essa calvície de pensador grego se oculta um verdadeiro monstro do sexo.

— Pare com isso — disse o argentino, deliciado.

— Pena que o representante desse país de paixões que é a Colômbia seja um homem tão casto — comentou Ramsés.

— Casto não, ancião. Meio século a serviço da humanidade, cavalheiros — replicou Carmelo.

— E a sua mulher aceita essa desculpa? Ou você não presta mais o serviço conjugal?

Tal como a história da japonesa, Carmelo tornou a vacilar. Balbuciou qualquer coisa e afinal disse simplesmente: "Bem, às vezes".

Ramsés mudou de assunto e trouxe notícias sobre a homenagem a dom Pedro.

— Falei com a Prefeitura e os estão esperando às seis. Não sei quantos de vocês serão, mas vão em companhia de Virgílio Vicente Aguiar e a minha assistente. Eu, infelizmente, terei que ir ao encontro com o presidente dos pequenos empresários baianos. A questão nos parece essencial para explicar o poderoso papel da indústria em escala reduzida no desenvolvimento geral do Brasil, e ele foi muito gentil aceitando reunir-se com o grupo num domingo.

— E Sérgio Pinheiro? Não vem conosco? — tentou salvá-lo Carmelo. — Acho que ele admira muito dom Pedro.

— Duvido — replicou Ramsés. Ele mesmo me falou que queria acompanhar os que vão à reunião com o empresário.

Fugiu, pensou Carmelo.

— Vamos almoçar no hotel — avisou Ramsés antes de caminhar para o mar.

O jogo de vôlei continuava e, depois de observar os temíveis arranhões nas costas de Ramsés, Carmelo começou a encarar Minerva Maria com olhos mais interessados.

— Me acorde dentro de vinte minutos — pediu a Finkelstein, deitado na areia. — Quer dizer que você ficou doido por uma carioca. Estava bem quietinho.

O argentino tinha se levantado para pegar água.

— É melhor não falar muito dessas coisas. Em vinte minutos acordo você. Saionara!

— Filho-da-puta! — conseguiu gritar Carmelo.

— Por Xangô! — replicou de longe Finkelstein.

— Não gostaria de uma *cervejiña* bem gelada, senhor Camacho? — perguntou Jiménez, que ao seu lado observava tudo.

Com os olhos meio fechados e uma sensação de placidez parecida com a de uma anestesia, Carmelo optou pelo silêncio.

A urna funerária de dom Pedro I do Brasil e IV de Portugal descansava entre uma fileira de círios e um mar de flores no salão da Prefeitura. O óleo que estava pendurado na parede — e que era parte, sem dúvida, da parafernália da peregrinação patrícia — mostrava um dom Pedro não muito épico. Exibia um olhar assustado e olhos arregalados; cabelo alto, alvoroçado e cacheado; suíças que desciam impetuosamente pelas bochechas ossudas e, depois de um drible ágil, transformavam-se em bigode; bigode um tanto fantasma; boca pequena, lábios carnudos, escassos pêlos sob o lábio inferior, mandíbula estreita e alongada; e nariz mais comprido do que se poderia supor. Nem mesmo o fato de estar forrado de medalhas, borlas, botões de ouro, dragonas, cordões e bordados lhe conferia a ferocidade militar que é de se esperar num imperador. Bandeiras do Brasil, de Portugal e da Bahia presidiam a calorosa pompa do salão. As janelas do velho edifício estavam abertas de par em par, mas por elas não entrava um fiapo de vento. Nos lados da caixa dourada, não maior que um cesto de papéis, postavam-se duas fileiras de soldados em traje de gala. Pareciam dissolver-se com o calor, mas suportavam disciplinadamente o lento processo de evaporação.

Aos pés dos pedestais em que a urna se apoiava havia numerosas coroas de flores adornadas com fitas roxas. Os ofertantes das coroas legavam nas fitas um breve pensamento impresso em letras douradas, umas poucas palavras de homenagem ou, mais humildemente, seu nome: "Associação Lusitana da Bahia"... "Ateneu de História"... "Escola Agrícola dom Pedro I"... "Restaurante Lisboa"...

Alguns bancos que pareciam de igreja se agrupavam à direita para que os dignitários e visitantes poderosos se sentassem. O povo humilde desfilava em fila simples: os curiosos se aproximavam, observavam a urna dourada, tocavam nela como se se tratasse de uma relíquia religiosa, benziam-se e saíam. Uma inesperada dimensão de macumba inspirava a cerimônia. Apesar de ser domingo, não havia muita gente às seis da tarde. Talvez as famílias preferissem admirar o crepúsculo na praia ou se refugiavam em lugares mais frescos. Muitos deviam estar vendo o jogo de futebol pela televisão, embora o Brasil não jogasse nesse dia. Os organizadores daquele périplo fúnebre desejavam que houvesse muito mais gente, para apagar assim a afronta que a rejeição dos ingratos pernambucanos infligiu à memória histórica do imperador.

Sentados no banco, vários funcionários rigorosamente vestidos de branco e com uma fita preta no braço esperavam a delegação de jornalistas internacionais que, de maneira tão gentil e comovente, queria prestar homenagem ao pai da pátria brasileira em seu triunfal regresso a casa. Não demorou a aparecer o grupo. Vinha encabeçado por Virgílio Vicente Aguiar, e ao seu lado caminhavam Minerva Maria, o japonês, Nicanor Jiménez e o ex-correspondente do *Washington Post*. Fechavam o desfile Carmelo Camacho e León Finkelstein, portando uma coroa com uma fita que haviam encomendado a uma funerária no hotel.

Houve uma saudação formal da delegação aos funcionários da Prefeitura, e depois os portadores da coroa deposita-

ram sua oferenda aos pés da urna e desdobraram a fita, cuja inscrição rezava:

Homenagem da Imprensa Internacional ao
Imperador dom Pedro: I do Brasil, IV de Portugal,
II de Salvador, Bahia.

Os anfitriões, comovidos, abraçaram os visitantes e agradeceram a homenagem, mas na certa não chegaram a entender a alusão ao vice-campeonato da maratona, que o último dos títulos encerrava. Os visitantes, sim, como atestavam as piscadelas entre Finkelstein, Carmelo e companhia.

Esgotadas as emocionadas demonstrações de apreço, Aguiar levantou os braços teatralmente com o chapéu branco na mão direita, lançou um olhar penetrante ao seu redor, que provocou profundo silêncio na sala, e, depois de tocar na urna com gesto grave, gritou "Impávido colosso!". Em seguida retrocedeu passo a passo sem dar as costas às cinzas do Imperador, até desaparecer pela porta principal com os braços em cruz. Os outros o seguiram sem dizer palavra.

A Grande Cerimônia terminara.

Encontraram-se com os outros para jantar e alguns, entre eles os três hispano-americanos, voltaram caminhando ritualmente ao hotel. A noite estava quente, e uma brisa com cheiro de fritura aliviava as ruas do Pelô, como Ramsés chamava o bairro. Um papelzinho esperava Carmelo no escaninho. Imaginou que seria de Regina e optou por guardá-lo nervosamente no bolso antes de alguém notar o recado. Sérgio se encarregou de lembrar que precisavam acordar antes das oito para tomar o café-da-manhã e deixar prontas as bagagens. Alguém quer ser acordado? Carmelo olhou o relógio. Era mais de meia-noite.

No seu quarto não quis mostrar para si mesmo urgências adolescentes de saber o conteúdo do papel e, antes de lê-lo, tirou os sapatos, foi ao banheiro, urinou, pôs água-de-colônia no pescoço e na testa e despiu as calças. O recado era de Regina, como supunha. Havia ligado às dez e vinte, e depois às onze e meia, e dizia que precisava falar com ele urgentemente. Não deixou número algum. Prometia ligar mais tarde naquela mesma noite.

Carmelo fez algo que nunca fazia: tirou do frigobar uma garrafa de vodca que parecia de brinquedo e misturou com coca-cola. Depois ligou a televisão e se preparou para esperar o telefonema de Brasília. Em seguida teve uma idéia e ligou para a recepção. Queria descobrir se o senhor Pinheiro tinha recebido uma ligação como a dele. "É para averiguar um detalhe do programa de amanhã", desculpou-se Carmelo, sem que lhe pedissem justificativa alguma. A recepcionista disse que não. A pessoa de Brasília só perguntara por ele. Duas vezes. Carmelo agradeceu e se deitou na cama tranqüilo com o copo na mão.

O telefone tocou uns vinte minutos depois.

— Pensei que você não voltaria mais — disse Regina com voz atropelada.

— E eu pensei que você tinha esquecido que ainda estamos no Brasil. Sou Carmelo Camacho, lembra-se de mim? — replicou o colombiano.

Regina não estava com vontade de começar uma discussão por ninharias.

— Terminei com ele — disse de repente.

— Terminou com o Sérgio?

— Não, homem, com o americano. Contei meu caso com o Sérgio, disse que estava confusa e que preferia acabar a história.

Silêncio.

— Carmelo? Está me ouvindo?

— Estou, sim. O americano.

— Me sinto angustiada, Carmelo. Estou há quase três dias sem dormir. Ele me liga de hora em hora e diz que não esperava isso de mim e toda essa conversa, e que sua família sonhava me conhecer; enfim, uma novela para mocinhas.

— O que disse o Sérgio?

— Não sabe.

— Não contou nada para ele?

— Não. Também por isso não durmo.

— Por que não me ligou antes?

— Liguei várias vezes, umas três.

— Uma vez. As outras duas foram hoje.

— Está bem, uma vez. Estou lhe dizendo que fiquei muito confusa. Pensei que em poucos dias a confusão passaria e eu poderia viver em paz outra vez.

— E que chegando a Brasília eu encontraria uma Regina sorridente e disposta a me contar o que aconteceu.

— Ou que nem sequer precisaria contar.

— Ou que nem sequer precisaria contar, certo.

— Mas deu tudo errado, e agora não sei o que fazer.

— Bem, antes de mais nada, calma. Calma e dignidade — Carmelo procurava comportar-se à altura. — Acho que é lógico o que está acontecendo com você, querida, não precisa se assustar.

— Com o quê?

— Com o que está acontecendo. Você fez um furinho na bolha, menina, e está pagando o preço.

— Você acha?

— Claro. O reencontro com a realidade, sabe? O reencontro com a realidade, mas sob uma forte influência da bolha. A bolha induz você a modificar a realidade, e afinal você não sabe se sua realidade é a bolha ou é a outra.

— E então?

— Então, nada. É simplesmente lógico estar desse jeito. Você paga o desajuste entre a bolha e a realidade sofrendo um pouco, sentindo tudo isso que está sentindo: angústia, desconcerto, dúvidas; enfim, novela para mocinhas, como você diz.

— Olha, Carmelo: fico grata por você ouvir minhas bobagens a uma hora dessas, e na verdade pensei muito antes de ligar, juro, uma vez até tentei e depois pensei que precisava resolver isso sozinha, e acho que você tem razão sobre a bolha etc. Mas...

— Mas o quê?

— Mas o fato de entender o que acontece comigo não faz com que não aconteça o que me acontece. Entende?

— Me diga uma coisa, você viu os filmes de Cantinflas?

— De quem?

— Nada, esqueça. Eu entendo, não se preocupe: você sabe por que o dente dói, mas nem por isso pára de doer.

— Exato.

— Então...

— Então, eu já imaginava — acrescentou Regina. — Quer dizer, por que o dente doía, a bolha, sabe? Mas nada disso me aplaca os sentimentos, que continuam bastante mexidos.

— Preste atenção, menina: amanhã nós chegamos aí e tudo vai melhorar. Você vai encontrar o Sérgio, ficará mais contente. Enfim.

— Não sei se tudo isso vai ser melhor ou pior. Pelo menos há uma coisa melhor, é que vou poder pedir a sua ajuda. Pedir para você me ouvir e me agüentar um pouco... Posso?

— É claro que pode, estou às ordens. É um prazer, como vocês dizem.

— Pois é bom saber que vou poder conversar com você. Também fico mais tranqüila por saber que fiz bem em ligar para você esta noite. Vai evitar cenas perigosas em Brasília diante do respeitável público.

— Choro e essas coisas?

— Choro e essas coisas, sim senhor.

— Está tão mal assim?

— Estava tão mal assim. Mas agora estou melhor. Pelo menos conto com você, irmão mais velho.

— Ótimo, irmã. Agora já sabe. Vá dormir e sonhe com a Branca de Neve.

— Ou com a madrasta. Veremos.

— Teremos pela frente dias movimentados com ministros, burocracia e reuniões, querida. Nem tudo vai ser esta maravilhosa moleza de Salvador. É melhor você estar descansada e tranqüila. E bem dormida.

— Isso é o que me tira o sono definitivamente!

— O quê?

— O bolo de Delfim Netto outra vez! Durma bem.

— Espere... Queria dizer a você que continuo ouvindo Chico Buarque. Colosso!

— Não é mesmo? Adoro o Chico!

— Bem, chega de papos noturnos: amanhã vai ser outro dia. Bons sonhos com Delfim Netto...

— Carmelo, você não vai acreditar — murmurou Finkelstein quando Camacho apareceu no vestíbulo com sua mala de viagem. O argentino estava esperando sua chegada. — Ontem à noite Minerva Maria me ligou.

Realmente, era para não acreditar. Carmelo segurou-o pelo cotovelo e pediu que ele repetisse com calma o que tinha dito.

— Que conversei pelo telefone com Minerva Maria, a assistente de Ramsés — reiterou Finkelstein. — Assim que voltamos do jantar, fui para o quarto dormir. E, logo depois, o telefonema. Ela parecia muito carinhosa. Disse que não estava com sono e que decidiu me ligar para conversar um pouco.

— Transou com aquele bombom? — perguntou direto Carmelo, que queria poupar literatura.

— Espera, espera. Por enquanto não houve nada. Conversamos uns vinte minutos, ela foi muito simpática, disse coisinhas sugestivas e acho que ficou aberta uma porta muito interessante.

— Coisinhas sugestivas? Como assim?

— É. Por exemplo, que tinha pedido na recepção que lhe avisassem quando eu chegasse no hotel.

— E você acreditou?

— *Viejo* — comentou Finkelstein num tom detetivesco: — Confirmei depois, quando desligou. Você acha que sou *boludo*?

— Ora ora ora... Quer dizer que você tem essa Dafne, que namorou no Rio; sua mulher, que está à sua espera em Buenos Aires lendo minhas colunas; e agora Minerva Maria, que parecia inacessível. Cacete, Finkelstein, deixe alguma coisa para nós...

Aguiar se aproximou rapidamente para cumprimentar os dois jornalistas, entregou a Carmelo uma sacola de plástico com um livro e lhe disse alguma coisa no ouvido. Depois entrechocou os saltos e se afastou.

— Sujeito estranho — disse Finkelstein.

— Sujeito maravilhoso — disse Carmelo.

Finkelstein voltou rapidamente ao tema principal: "Continuarei informando".

Quando lhe entregou o livro duas horas antes no hotel, dentro de uma discreta sacola, Aguiar avisara a Carmelo que se tratava de um dos poucos filósofos que o trópico produziu. "Portanto", acrescentou, olhando-o fixo do fundo dos óculos escuros, "é um humorista. Quando o trópico produz filósofos, é em forma de humoristas." Recomendou que lesse com cuidado, porque ali ia encontrar pequenas luzes que o ajudariam a entender a escuridão do momento. O avião estava atrasado. Carmelo meteu a mão na sacola, pegou o livro e se afastou para ler solitário numa das poucas mesas vazias do pequeno bar do aeroporto. Chamava-se *O livro vermelho de Millôr Fernandes*, e na capa havia um sujeito com o boné do camarada Mao Zedong.

Carmelo começou a folheá-lo com interesse e pouco a pouco entendeu o que Aguiar dizia. Eram máximas tiradas de artigos ou de peças de teatro de um humorista chamado Millôr Fernandes. Pequenas frases que continham verdades embrulhadas em papel risonho. Algumas delas tinham sido sublinhadas por Aguiar com um lápis trêmulo. Carmelo se entreteve buscando e lendo as frases que Aguiar destacara. *Quando uma ideologia está muito velhinha, vai morrer no Brasil... O povo brasileiro ainda não está preparado para comer... Pode-se ser o último dos rápidos ou o primeiro dos len-*

tos... Ser pobre não é crime, mas ajuda a chegar lá... Carmelo balançou a cabeça aprovando. *Muitos dos que falam o tempo todo contra a corrupção estão cuspindo no prato onde não conseguiram comer... De todos os países do mundo, o Brasil é o mais rico em pobres...*

Camacho estava encantado. Levou pouco tempo para pegar sua caneta e começar a sublinhar, costume que herdara do pai, que por sua vez o herdara do avô, que por sua vez... Quando estudava nos livros de direito que dormiam na biblioteca familiar, reconhecia três gerações de sublinhados. *A vida seria melhor se não fosse diária.* Algumas o fizeram sorrir abertamente. *Não somos a imagem de Deus. Somos apenas sua autocrítica.* Um filósofo, um humorista tropical. *Herói é quem não conseguiu fugir.* Um pensador. *Brasília* é *o desnecessário transformado em irreversível.* Por Xangô.

— Más leituras — comentou Ramsés, apontando para o livro.

A inglesa alta, o alemão hermético e Ramsés puxaram cadeiras para a mesa de Carmelo e, enquanto esperavam um garçom para pedir um café, o subsecretário do Ministério do Interior e chefe da organização examinou a capa do livro que o colombiano tinha nas mãos.

— Más leituras — repetiu o chefe da organização.

— Como é? — perguntou Carmelo.

— Um comunista — pontuou Ramsés.

— Pois para mim parece um filósofo — tentou defender-se o desconcertado Carmelo. — Aguiar considera que é um dos poucos filósofos que o trópico já produziu.

A inglesa alta demonstrou interesse pelo livro. Achou engraçada a capa com o retrato falseado de Mao Zedong. Apático, o alemão condescendeu em perguntar de quem se tratava.

— Um escritor vermelho. Por isso o título — explicou Ramsés.

— Carmelo, você está lendo autores comunistas? — perguntou a inglesa alta com olhar fingidamente severo.

— Eu não diria que é um autor comunista — protestou Carmelo. — Li pouco, mas penso que é um excelente humorista.

— Um humorista comunista — esclareceu Ramsés com certa gravidade acadêmica que não combinava com ele.

— Esquisito: sempre ouvi falar que era impossível — interveio a inglesa alta. — Quer dizer, que era impossível um humorista ser comunista. Ou um comunista humorista.

— Também é verdade — aceitou filosoficamente Ramsés. — Na realidade, trata-se de um humorista extremista.

— Isso já é melhor: humorista extremista — corrigiu a inglesa.

— Na verdade, o ruim não é que seja comunista, mas que seja humorista — atravessou sua lança o alemão hermético.

O alemão hermético irritava muito Carmelo, que decidiu não prestar atenção nele.

— Se fosse extremista — replicou Camacho a Ramsés —, duvido muito que o deixassem circular no Brasil.

— Acho que Carmelo tem um bom argumento — apoiou a inglesa alta.

— Erradíssimo — sorriu Ramsés. — Justamente, o que a publicação desse livro demonstra é que este país é uma democracia. Conheço até um lugar no Rio, ou talvez em São Paulo, onde vendem obras de Marx.

— Oh! — disse a inglesa com fingida admiração.

Ramsés, que pegara o livro, leu em português: "Em caso de perigo, não grite: poderia atrair a Polícia". A seguir traduziu para o seu inglês tolerável. A inglesa alta festejou a frase com um amplo sorriso.

— Não me digam que quem escreveu isso não é comunista — soprou Ramsés.

E a seguir leu outra citação, sublinhada a lápis, que acabava de descobrir: "Se este é o país do futuro, dêem-me um do passado".

— Muita gente pode considerar essas coisas francamente antibrasileiras — sentenciou o subsecretário do Ministério do Interior.

A inglesa saiu em defesa de Millôr:

— Não acho que mencione o Brasil — disse. — Seria válido também para a Inglaterra, por exemplo.

Ramsés dirigiu-se então a Carmelo.

— Vejo que sublinhou muito — comentou com má intenção.

— Quem sabe termino sublinhando tudo — disse o colombiano, disposto a proteger os sublinhados de Aguiar. Achou que Ramsés buscava com os olhos o lápis que Carmelo não tinha.

O alemão optara por folhear depreciativamente o livro enquanto os outros falavam, e não demorou a atacar outra vez.

— Não se pode esperar nada de um humorista — sentenciou.

— E muito menos de um humorista extremista — precisou Ramsés.

— Pois às vezes são os únicos capazes de explicar uma sociedade — insistiu Carmelo. — Cervantes era um humorista.

— Cervantes, o espanhol — explicou Ramsés aos ingleses, empinado nos píncaros de sua cultura geral. — O de *Dom Quixote*.

— Já ouvi falar — registrou a inglesa alta num tom sarcástico que Ramsés não captou.

— Por exemplo, esta frase — Carmelo citava de cor em português uma frase que acabava de ler: "A mordaça aumenta a mordacidade". Em inglês não faz muito sentido, porque tem um jogo de palavras, mas em espanhol ou português é genial.

— Não vejo a genialidade — disse, cético, Ramsés, que realmente não a via.

— Está vendo? É o que acontece com os humoristas — bateu o alemão. — É só tirá-los da sua língua e não significam mais nada.

Carmelo estava perdendo o controle dos nervos:

— Os humoristas dizem tudo, mas de outra maneira. Muito mais que os políticos, os sociólogos, os presidentes ou os homens de negócios que aparecem nas capas de revistas.

— Quanto a isso, acho que você tem razão: jamais se verá um humorista na capa de uma revista importante — declarou o alemão.

— É verdade — provocou Ramsés. — E muito menos um humorista extremista.

— Cavalheiros — interveio a inglesa: — Não íamos tomar um café?

No corredor do avião, Carmelo viu uma Minerva Maria sorridente e um jubiloso Finkelstein ocupando poltronas contíguas.

O desnecessário irreversível

Carmelo pensou que não era a sua melhor viagem ao exterior. Parecia condenado a ter vizinhos indesejáveis. Pretendia compartilhar as horas de vôo com uma das intérpretes, mais concretamente a morena que atendia os alemães, mas acabou conversando sobre subdesenvolvimento econômico, cultural e mental com o jornalista inglês. Agora só tinha quarenta minutos para se registrar no Hotel Nacional, deixar a bagagem, engolir um almoço rápido que a organização preparara no bar do hotel e sair para o Ministério da Fazenda. Não é minha melhor viagem, repetiu Carmelo enquanto descia do ônibus. Gostaria de escapar da entrevista com Delfim Netto e abandonar-se nos braços de um almoço prolongado e uma sesta profunda em vez de claudicar diante do meio expediente burocrático a que os tinham sentenciado. Mas pelo menos poderia, já na parte da noite, tomar uns guaranás com vodca e ouvir a história sentimental que Regina queria lhe contar.

Alguns segundos depois, tornou a sentir que não era a sua melhor viagem. Assim que emergiu da porta giratória do hotel, um homem da sua idade, muito bem-vestido e de aspecto gentil, levantou-se de uma poltrona no vestíbulo principal e foi em sua direção com os braços abertos. Era o embaixador da Colômbia, seu ex-colega na Faculdade de Direito. O assédio do diplomata pegou-o de surpresa.

Chegou a ouvir que o embaixador lhe dizia afetuosamente algo assim como esta noite você não me escapa, bandido, já agendei para você um jantar fantástico, e ouviu a si mesmo cumprimentando titubeante o colega de estudos, que reclamava pelos telefonemas não respondidos, e ouviu sua própria voz de culpado aceitando com o maior prazer o convite, e o embaixador dizendo que neste país estão acontecendo coisas interessantíssimas, e ele mesmo exclamando maravilha e concordando que às oito e meia o embaixador e a esposa viriam buscá-lo na porta do hotel, e agradecendo. Quando viu seu ex-colega despedir-se com um movimento de quatro dedos em riste e trinta e dois dentes de sorriso, Carmelo começou a entender a armadilha em que caíra, por Xangô. Na sua idade. Com a sua experiência. Cheio de cabelos grisalhos. Piscou várias vezes sem acreditar. E subiu atônito para o quarto, porque só faltavam quinze minutos para o encontro no bar com a delegação.

Como todas as entrevistas coletivas em todos os ministérios do mundo, o personagem fez sua entrada com passos seguros e sorriso firme depois de obrigar os jornalistas a uma espera de vários minutos, aliviada por café e refrigerantes. Delfim Netto vinha seguido por uma corte de funcionários e, no final, carregados de papéis, gráficos, cadernos, livros, folhetos e informes econômicos, os assessores de imprensa designados para a viagem dos JIs. Entre eles estava Regina. Carmelo achou-a um tanto pálida e talvez (ou era só impressão?) um pouco mais magra; mas lhe pareceu muito atraente com seu disfarce de funcionária séria. A jovem distribuiu o material de consulta com rapidez, sorriu nervosamente para os JIs que a cumprimentaram e reclamaram de sua ausência, e quando chegou diante de Carmelo nem sequer olhou-o nos olhos: simplesmente lhe entregou os dois quilos de documentos e passou para o jornalista seguinte que, para variar, era Nicanor Jiménez. O mexicano recebeu a papelada e comentou com Carmelo: "Mais peso pra mala".

Camacho teve que fazer um esforço para concordar, porque havia mais de uma hora estava com a maquinaria da cabeça trabalhando a todo vapor no ofício pertinaz de se recriminar pela condescendência com o embaixador e tentar encontrar possíveis soluções para a situação em que se metera por sua incapacidade de "conjugar o verbo *não*", como dizia sua tia Rita. Conjugar o verbo *não*. Será que havia algo de torto na cortesia nativa, na cultura pré-colombiana ou na proximidade da linha equatorial que tornava quase impossível que os bogotanos exercessem o direito de conjugar o bendito verbo?

Delfim Netto continuava falando e respondendo a perguntas enquanto Carmelo prosseguia com sua longa tortura de reflexão pessoal. Agora acabava de notar que Regina o observava com atenção. Camacho piscou-lhe um olho. Ela sorriu e com um gesto circular do indicador indicou que queria falar com ele quando a entrevista acabasse. Ainda mais desesperado, o colombiano voltou a ruminar a amargura de sua situação. Da etapa da auto-acusação passou à etapa da responsabilidade de terceiros. A culpa era daquele maldito embaixador, impertinente, cansativo, abutre de hotel, ave de rapina de jornalistas ocupados, emboscador de colegas que nunca lhe manifestaram o menor afeto. A reflexão logo desembocou na necessidade imperiosa de uma desculpa tardia como justa autodefesa para cancelar o jantar com o embaixador e ir escutar a história de Regina. Delfim Netto estava encerrando nesse instante a sessão de perguntas e respostas, e Carmelo não tinha a mínima idéia do que ele havia falado. Mas sua experiência dizia que os documentos iriam ajudá-lo a matar a charada e suspeitava de que o ministro certamente devia ter repetido, em linguagem de velhos amigos e humor confidencial de *petit comité*, o que expusera de maneira mais circunspecta naquela noite no hotel de São Paulo. O importante era que Carmelo tomara a firme decisão de, com uma desculpa qualquer, desmarcar o encontro com o embaixador e ir jantar com Regina.

— Já sabem, amigos jornalistas — dizia Delfim Netto —, este ministério e este ministro estão a seu dispor para o que precisarem.

Carmelo sentiu sua cabeça grisalha se iluminar: Delfim Netto acabava de lhe presentear a justificativa para se livrar do embaixador. Deixaria no hotel um recado para o diplomata lamentando não poder sair com ele e usaria como pretexto que surgira a possibilidade de jantar com Delfim Netto e alguns outros jornalistas. "Então", continuava elucubrando, "você há de entender que é uma oportunidade rara para as minhas reportagens". Poderia terminar com uma frase tipo "por que será que o trabalho sempre atrapalha os momentos agradáveis com os amigos?".

Quando Delfim Netto encerrou a entrevista, vários jornalistas foram conversar com ele; Carmelo, em vez disso, dirigiu-se para onde estava Regina e a cumprimentou com efusividade. Ela respondeu com entusiasmo parecido e, verificando que tinham alguns segundos a sós, confiou-lhe uma coisa que "sei que você vai gostar":

— Decidi seguir o seu conselho e contar tudo esta noite para o Sérgio.

— Que bom — disse Carmelo tentando ocultar seu desencanto.

— É — continuou ela: — Vamos jantar juntos; vou pedir duas caipirinhas para soltar a língua e contar tudo o que aconteceu.

— É o que tinha que ser feito, lógico. Então vai contar tudo.

— Vou. Estou querendo ser sincera, Carmelo: vou contar que terminei com o americano por causa dele e pedir desculpas porque andei um pouco esquisita e parecendo desinteressada: sabe que não liguei para ele uma única vez na Bahia, apesar de ele ter me deixado vários recados? Coitado...!

— É o que eu dizia...

— A única coisa que me preocupa é que talvez você tenha pensado que podíamos nos encontrar hoje à noite.

— Justamente eu ia dizer que não podemos nos encontrar porque me comprometi a ir jantar com o embaixador do meu país, um velho colega de faculdade, sabe? Era impossível dizer que não. Por isso fico contente em saber que você já tem programa.

— Mas é que também quero conversar sossegada com você e contar mais sobre toda essa história. Talvez amanhã?

— Pode ser — disse Carmelo com uma gravidade que ele mesmo não esperava. — O importante é que você se saia bem esta noite: amanhã vai ser outro dia...

— Eu encheria você de beijos agora mesmo, Carmelo Camacho.

— É melhor deixarmos isso para outra ocasião: o que Delfim Netto vai dizer de nós?

Carmelo abriu a porta do seu quarto às duas horas e cinco minutos da manhã, com a cabeça aturdida pela quantidade de palavras, fumaça, comida e vinho que o embaixador e a esposa lhe tinham embutido. Depois de sufocá-lo com opiniões, informação e amabilidades, o opressivo casal decidiu levá-lo para dar uma voltinha noturna por algumas áreas da cidade, levando em conta que o grupo só passaria uma noite na capital. *Brasília by night* era como o embaixador chamava o pequeno *tour*. Pela mesma razão Carmelo aceitou, por mais que estivesse exausto e acossado por sentimentos que não conseguia definir por completo: era uma mistura de raiva, desgosto, curiosidade e — é o que temia — algo parecido com ciúmes. Soube disso porque mais de uma vez se perguntou vez o que estariam fazendo Regina e Sérgio enquanto ele percorria aquela cidade desolada num Mercedes-Benz com duas pessoas empenhadas em provocar seu entusiasmo pela paisagem urbana. Estariam agora num restaurante? Num clube noturno? Talvez no quarto de Sérgio no hotel? A idéia lhe parecia lógica, mas lhe causava repugnância e inspirava uma atitude de distanciamento diante de Regina e suas confusões sentimentais. Depois de uma hora de passeio em que fingiu muito e se comoveu pouco, Carmelo levou para o hotel a impressão de uma cidade amarelenta e sem alma, atravessada por avenidas largas, edifícios artificiais, parques desertos e terra ressecada.

— Um horror, Brasília — murmurara o colombiano, buscando a cumplicidade de seus anfitriões.

A esposa do embaixador pigarreou antes de emitir sua sedosa discrepância.

— Acontece que você está vindo de Salvador — disse. — O contraste com Brasília é implacável, mas garanto que as pessoas pegam o gostinho da cidade em poucos meses.

— Que remédio? — replicou Carmelo.

— Além do mais — arrematou o marido —, é muito segura, sabe? Não ouvimos falar de nenhum assalto.

Carmelo esteve a ponto de dizer que numa cidade habitada por burocratas os assaltos acontecem nos escritórios, não na rua; mas estava cansado, morrendo de sono, queria que o passeio terminasse logo e não tinha a menor vontade de ver mais escultura ultramoderna nenhuma.

O embaixador começou a se despedir pedindo que lhe mandasse as reportagens publicadas. "Não se esqueça do que Nixon disse: Para onde o Brasil se inclinar, a América Latina se inclinará também".

E, antes do adeus final, quando Carmelo já estava começando a empurrar a porta giratória: "Olhe, pode citar o meu nome, se quiser; por mim não há problema."

Às sete e quarenta da manhã, Carmelo fechou a mala pela enésima vez na semana, entregou-a ao carregador que esperava impaciente na porta e introduziu a cabeça no laço da gravata, cujo nó não havia desfeito. Tinha cinco minutos para pegar o paletó, andar até o elevador e chegar ao vestíbulo principal. O dia ia ser duro. Às oito e meia, café-da-manhã no Itamaraty com o chanceler Mário Gibson Barbosa. Às 11h, reunião informativa com o ministro da Indústria e Comércio Marcus Vinicius Pratini de Moraes. À uma da tarde, almoço com o ministro de Planejamento, João Paulo dos Reis Veloso. Às 16h, traslado ao aeroporto para iniciar a viagem a Manaus. Querem nos vencer por nocaute técnico, pensou Carmelo, que sonhava com um dia de descanso. Pela programação, teria que esperar até sábado para um pequeno descanso.

Nessa manhã foi anunciado um plano que parecia promissor: passeio pelo rio e visita ao Teatro Amazonas, de ópera; e, no crepúsculo, outro avião, com destino a Recife. Manhã tranqüila, a do sábado, pensou Carmelo; piranhas e teatro: nenhum ministro.

Nicanor Jiménez bateu na porta, que de todo modo estava entreaberta, e convidou-o para descer. Tinha sido seu vizinho de quarto durante a brevíssima permanência em Brasília. Mister México estava outra vez com o terno azul-pálido das grandes ocasiões, e carregava uma mala de couro puída pelo uso. Quase de noite, não é mesmo, senhor Camacho?, disse Jiménez no elevador, só para dizer alguma coisa. Acho que já é noite, sorriu Carmelo.

De fato, quando chegaram ao salão de reunião, já estavam todos preparados para partir. Carmelo se adiantou, disposto a cumprimentar ostentosa e carinhosamente Minerva Maria diante dos olhos de Regina, mas não conseguiu porque ouviu um estrépito às suas costas. Trinta e tantos rostos, entre os quais o dele, desviaram o olhar em busca da origem do estrondo: na metade do enorme corredor, Nicanor Jiménez estava paralisado pela vergonha; na mão direita ainda segurava as alças que se soltaram da mala, enquanto ao seu redor se esparramava o conteúdo da mala quebrada: cinzeiros com inscrições dos hotéis em que eles ficaram hospedados, um monte de vidrinhos de xampu e condicionador, três Bíblias em inglês, pentinhos, toucas de banho, sabonetes, flanelas para lustrar sapatos, envelopes impressos, papéis, canetas... Alguns dos cinzeiros se haviam espatifado no piso de mármore e os fragmentos brilhavam no chão. Aos pés de Jiménez se estendia uma pequena poça de líquidos derramados. Algumas folhas de papel em branco voavam inquietas pelo corredor.

Regina foi a primeira a reagir, e Camacho acompanhou-a. Sob o olhar dos presentes, além de vários hóspedes e de alguns funcionários do hotel, Regina e o colombiano guardaram de qualquer maneira o que fosse recuperável do pequeno botim na mala destrambelhada de Nicanor e tentaram tranqüilizar seu dono, cujas mãos trêmulas não atinavam a recolher as lembrancinhas espalhadas. "São para os meus netos", repetia em voz baixa: "Eles adoram essas bobagens".

— Não foi nada, rapaz — insistiu Camacho.

Com uma careta de contrariedade, Ramsés deu ordem de partir, e a atividade e a agitação voltaram a tomar conta da cena.

— Você viu como se comportou bem o seu amigo, o jornalista argentino de óculos grandes? — comentou o ex-correspondente do *Washington Post* no Brasil com Carmelo. — Um ministro ontem e mais três hoje, e nem uma pergunta desagradável.

Terminada a extenuante jornada de entrevistas com membros do gabinete, os JIs esperavam agora a saída com atraso do avião que os levaria à terra prometida do Amazonas.

— É verdade — observou Carmelo.

— Pensei que ia ser o dia mais divertido, que o argentino ia se atirar contra o pacote ministerial, mas não aconteceu nada: dava vontade de bocejar.

Finkelstein cochilava em outra poltrona da sala VIP, mas Carmelo não hesitou em sacudi-lo para que acordasse.

— Você não foi muito contundente nas perguntas — comentou Carmelo.

O argentino voltava à realidade após um sono bruscamente interrompido e olhou para ele com olhos de coruja.

— O que disse? Desculpe, eu estava dormindo...

— Eu disse que você teve Delfim Netto, Gibson Barbosa, Pratini de Moraes e Reis Veloso na mira e os deixou à vontade. O Terrível Finkelstein não disparou uma única pergunta constrangedora...

— Você acha mesmo? — duvidou Finkelstein.

— Vou dizer mais: dava a impressão de que você os estava ajudando, fazendo perguntas-escada para eles brilharem: o papel de Dean Martin com Jerry Lewis, lembra?

— Veja, não sei de que merda você está falando, nem entendo o que Delfim Netto tem a ver com Jerry Lewis. Perguntei o que achei mais indicado, eles responderam, e pronto...

— León Finkelstein: posso lhe fazer uma pergunta direta, entre amigos?

O argentino observou Carmelo com desconfiança, mas disse que sim, que podia fazê-la.

— Você transou com ela?

— Com quem?

— Não sacaneia, Finkelstein: com Minerva Maria. Repito a pergunta: você transou com Minerva Maria?

Finkelstein tirou um lenço do bolso e limpou as lentes dos óculos, levemente embaçadas por obra do ar-condicionado.

— Não — disse com voz determinada.

— Então você não transou com ela — aceitou Carmelo. — Você tentou?

— Não acha que está exagerando, Camacho? Não fode, isso é assunto meu.

— É assunto de todos, do grupo, Finkelstein. Você não percebe que Minerva Maria está brincando com você? Que foi colocada ali para controlar você? Que a mandaram paquerar você e deixá-lo sem respiração para não sair da linha? Não está vendo que ela não está apaixonada por você, nem quer transar, só está fazendo o trabalho dela? Que é uma forma de censura?

Um Finkelstein assombrado cedia sob o impacto das frases de Carmelo.

— Olha, Camacho, vou explicar uma coisa: surgiu uma coisa estranha, uma atração esquisita entre Minerva Maria e mim. Não é uma trepada de urgência, entende? É mais do que isso, é uma comunicação diferente.

— Sei, uma "energia interpessoal", uma "química indefinível"... Bobagens, rapaz. Ela foi encarregada de manter você seduzido e domado, e cumpriu as instruções ao pé da letra. E, ainda por cima, sem mostrar serviço, pelo que você me contou.

Camacho fez uma pausa e acrescentou, menos violento.

— Léon: Minerva Maria é amante de Ramsés, não percebeu? Por meio dela, Ramsés conseguiu cortar suas asas. Eles fizeram uma lobotomia jornalística em você, meu velho. Na hora em que o mundo mais contava com ele, o Terrível Finkelstein esqueceu o tango apache e dançou uma valsinha cor-de-rosa.

— Não foi nada disso — tentou defender-se o argentino.

— Foi sim: todos estão dizendo que você fez perguntas de algodão-doce — insistiu Carmelo. — Ramsés é genial, temos que admitir, enrolou você. E Minerva Maria nem ao menos quis transar. Mas devo dizer, a favor deles, que Ramsés julga estar cumprindo uma missão de segurança nacional e Minerva Maria lhe obedece sem reclamar.

— Amante de Ramsés... segurança nacional... você está maluco — reagiu Finkelstein. — Além do mais, ela não transou comigo porque *eu* não propus.

— Você não propôs! — repetiu Carmelo com decepção.

— Você sabe, nessas coisas é melhor ir com calma...

Carmelo suspirou.

— Muito bem. Vamos fazer um teste — prosseguiu o colombiano. — Se eu estou mesmo maluco, como você diz, se Minerva Maria não é amante de Ramsés, se ela não está numa missão de vigilância erótica, e tem com você, pelo contrário, uma coisa esquisita, uma atração estranha, uma comunicação diferente, diga a ela para treparem esta noite.

— Mas você acha que trepar é...

— Finkelstein, nós dois sabemos do que estamos falando. Você já pediu alguma vez a uma mulher para dormir com você? Mas o que estou dizendo, você é casado e tem uma namorada no Rio chamada Delfina...

— ...Dafne — corrigiu Finkelstein.

— ...ou Dafne. Então: é claro que você sabe pedir a uma mulher que vá para a cama com você. Fale esta noite com a Minerva Maria. Se você a *coger*, como se diz na sua terra, parabéns: você passou uma noite maravilhosa, eu retiro o que disse e você vai me agradecer a vida inteira. Mas se ela começar com lero-lero, e a gente sabe muito bem quando uma mulher faz isso, pode começar a acreditar em mim e admitir que foi silenciado pela via do pau, meu amigo. E também vai me agradecer a vida inteira por eu ter mostrado a dura realidade.

Finkelstein suava, e já parecia ter aceitado a possibilidade da dúvida. Agora sua atitude com Carmelo era outra. De um amigo com problemas a um amigo leal.

— Você acha mesmo que...?

Carmelo deu um tapinha no joelho dele.

— Acho. Mas você já sabe como pode confirmar. O que não pode é passar mais uma semana embasbacado por uma garota que o vigia e nem sequer dá para você.

Nesse instante Carmelo viu que Minerva Maria vinha na direção deles. Trazia um café e um *croissant*, certamente para Finkelstein.

— Além do mais, a noite é propícia: a floresta misteriosa, o rio que convida ao amor, o choro dos jacarés, o leão rugindo na selva...

Finkelstein sorriu aliviado e respondeu antes que Minerva Maria chegasse:

— Tudo bem, *che*. Vou tentar.

O colombiano disse qualquer coisa simpática para receber Minerva Maria e se despediu com o pretexto de conversar com os outros. Enquanto ia em busca de um guaraná, Carmelo se surpreendeu procurando Regina com o canto do olho. Notou então que em nenhum momento havia deixado de sintonizar com as antenas a presença dela nos salões dos ministros, no refeitório do almoço, na sala VIP. Lançando olhares oblíquos, e aparentemente sem intenção, registrou que ela havia conversado longa e animadamente com Jiménez; que depois fornecera informação e documentos a um dos alemães; que havia tomado um café com Virgílio Vicente Aguiar; que parara para conversar disfarçadamente com Sérgio Pinheiro; e que agora ria com algumas das intérpretes à espera do aviso para entrar no avião.

Manaus para agonizantes

Já estava escuro quando o capitão se aproximou de Manaus. Vários passageiros se inclinaram para a janela em busca do primeiro contato com esse ente misterioso, a selva, mas só puderam ver uma massa escura. Hirotaka estava calado e observava com expectativa. Ao seu lado, Carmelo acordava de um sono cheio de modorra. — Quando a noite é clara — disse o colombiano —, você pode ver de repente algo parecido com um relâmpago na escuridão de baixo: são os rios, refletindo a lua por um segundo.

O japonês estava impressionado. Carmelo insistiu: — Está vendo aquele espaço escuro à esquerda? Ali fica o Peru. E aquela massa preta, à direita? É a Colômbia. Letícia. A fronteira. Seus habitantes falam uma mistura de espanhol e português e há casas que têm a sala no Brasil, a cozinha na Colômbia e o quarto no Peru".

Carmelo exagerava, impulsionado pelo orgulho nacional, e o japonês assentia boquiaberto. — Você conhece a floresta? —, perguntou Hirotaka.

Carmelo sorriu. — Passei muitas noites no rio, dormindo sob as estrelas", — disse. — Mas não me peça para descrever o que se sente, porque é impossível.

Carmelo conhecia, sim, a selva, mas com a superficialidade de um excursionista. Uma vez, em seus anos de estudante, percorreu com um grupo de colegas parte do rio Caquetá a bordo de uma barca enferrujada. Foram cinco dias de navegação durante os quais comiam banana, caldo e carne ressecada e dormiam em redes atravessadas umas sobre as outras na barcaça. As noites eram silenciosas, só perturbadas pelo murmúrio da água que se fendia com a passagem da embarcação e por ocasionais uivos provenientes das árvores altas e longínquas da margem. Em contraste, o amanhecer explodia num estrondo de pássaros e guinchos de macacos, e as estrelas que haviam presidido a viagem noturna eram ofuscadas pela dupla catedral das margens verdes e por um céu avermelhado que mais tarde adquiria uma cor azul intensa. O rio perfurava com timidez a selva espessa, e dos dois lados só se via um horizonte de árvores gigantescas. Bandos de pombos e de papagaios gritões voavam de uma margem para a outra. As canoas de colonos ou de índios carútanas de vez em quando se aproximavam para vender comida. Em duas ocasiões os estudantes viram uma coluna de fumaça se elevando no coração do pântano e iniciavam excitadas discussões sobre a explicação do fio cinzento. Carmelo não viu piranhas, jacarés nem peixes monstruosos, como vaticinara erroneamente o professor de ciências naturais; mas o espírito estranho da selva marcou sua memória para sempre.

— Falando sério — acrescentou Carmelo. — É inútil descrever. Só indo lá e vendo.

Manaus, um dos pontos lendários da Amazônia, parecia muito diferente daquele percurso lento e maravilhado que tinha realizado trinta e cinco anos antes pelo Caquetá, pensou Carmelo quando se aproximaram da cidade. O aeroporto, relativamente moderno, contrastava com aquela aldeia grande de casas baixinhas, desarrumadas, barulhentas e em

sua maioria pobres que eles viam desfilar no caminho para o hotel. Para cada duas moradias havia um bar onde trepidava uma máquina caça-níqueis. Parecia que todos os habitantes se congregavam nas calçadas e na rua para conversar, beber cerveja, fazer umas frituras cujo cheiro espesso impregnava o ambiente. O calor era implacável e os visitantes suavam apesar do ambiente climatizado do ônibus. Se suor + calor era a idéia que tinham da floresta, sua imaginação tinha sido satisfeita. Mas, se sonhavam com uma cidade de arquitetura aborígine e uniforme, haviam errado de lugar. Manaus parecia um caos onde se alternavam ruas de areia barrenta e avenidas de cimento por cujas rachaduras brotavam, indomáveis, tufos de mato. O comércio tinha um aspecto de bazar persa, com uma infinidade de anúncios e letreiros comerciais. Da cidade que no final do século XIX foi chamada com notável descaramento de "Paris da selva", restava pouca coisa: apenas a selva. Àquela altura da noite, a maioria das lojas de eletrodomésticos e enlatados ultramarinos estava fechada com grades; mas era fácil imaginar que durante o dia se transformavam em formigueiros de compradores que pechinchavam por alguns dólares a mais ou algumas moedas a menos. A febre da borracha, com suas fortunas súbitas, seus milionários vulgares e suas brigas mortais, terminara sessenta anos antes; entretanto, no porto ainda parecia respirar-se uma atmosfera arruaceira de cidade de fronteira.

No ônibus, Carmelo se sentou ao lado de Aguiar. Observavam em silêncio o espetáculo que desfilava pelas janelas. Esquinas salpicadas de putas gorduchas com vestidos que pareciam apertados; vendedores de comidas nas ruas; malandros que conversavam sentados nos meios-fios balançando um palito na boca; música barulhenta que se misturava com mais músicas; e por toda parte meninos, meninos seminus, meninos descalços jogando bola nas ruas enlameadas, meninos que brigavam, meninos que riam, meninos que observavam a passagem do ônibus com curiosidade, meninos que esticavam a mão para o veículo dos turistas, meninos que roíam uma espiga de milho ou um pedaço de pão, meninos que fumavam guimbas encontradas do chão, meninos que acertavam as contas a pontapés com o cachorro que lhes roubara um pedaço de comida.

— Bem-vindo ao Milagre Brasileiro, versão amazônica, forasteiro — disse Aguiar.

Quando desceram do veículo foram recebidos por uma bofetada de calor e umidade, como se houvessem jogado um balde de água quente em cima deles.

Antes de entregar os cartões e identificar as bagagens, Ramsés improvisou uma reunião em pé para apresentar o engenheiro Drauzio Cardoso, um jovem um tanto tímido que os esperava imaculadamente vestido de branco. Cardoso seria o encarregado de levá-los amanhã às obras do ramal 319 da Estrada Transamazônica, onde estão sendo construídos os alicerces — disse Ramsés — do Brasil do século XXI. Assim que o subsecretário do Ministério do Interior terminou sua breve apresentação, passou a palavra a Cardoso. O engenheiro tossiu mais do que falou e explicou que os distintos visitantes poderiam encontrar em seus quartos farta informação sobre esse projeto colossal (quando ouviu a palavra "colossal", Carmelo buscou os olhos de Aguiar, mas tropeçou primeiro nos de Regina e retirou rapidamente os seus). Se alguém estivesse interessado em saber mais alguma coisa, a partir desta noite o engenheiro Cardoso estaria a seu inteiro dispor. Ramsés agradeceu a Cardoso e recomendou aos jornalistas internacionais que fizessem uma "leitura consciente" dos folhetos que o engenheiro trouxera. Chegou até a propor que, os que quisessem, poderiam jantar com ele para conhecer mais sobre o que será, acrescentou, "um dos pontos altos da viagem". Quando a reunião se dissolveu, um pequeno círculo de JIs cercou o engenheiro imaculado.

Carmelo desceu para o bar do hotel antes que transcorresse meia hora. Era um salão que imitava o trópico asiático, mais que o americano, com chapéus de palha cônicos, como os que se viam nos noticiários sobre a guerra do Vietnã. Algum decorador de hotéis americano, veterano do Camboja e do Laos, deve ter sido contratado para decorar o lugar. Mas, para reforçar a cor local, não faltavam algumas máscaras macabras de estilo supostamente amazônico. Pouco a pouco chegavam os JIs dispostos a se refrescar com alguma bebida e se refugiar no ar-condicionado. Carmelo pediu um guaraná com vodca.

— Guaraná com vodca? — perguntou, surpreso, o garçom.

— É, sim, guaraná com vodca.

Enquanto o resto dos colegas iam chegando, dispostos a tomar um aperitivo antes do jantar, Carmelo decidiu que no dia seguinte iria escapar do programa oficial. Aviões demais, hotéis demais, funcionários demais, jantares formais demais, petroquímicas demais, centros de convenções demais, estradas transamazônicas demais. Propaganda demais e muito pouco Brasil. Queria caminhar sozinho pela cidade, perder-se no Mercado Central, perambular pelas ruas sujas e encharcadas.

Madrugou. Levantou-se uma hora antes do combinado com o grupo, chamou um táxi e pediu ao motorista que o levasse para tomar o café-da-manhã em outro lugar. O táxi deixou-o em outro hotel, o Mônaco. Olhou o relógio. Eram oito e pouco. Naquele momento, pensou, os JIs deviam estar começando a chegar ao refeitório, mas Ramsés ainda não havia notado a ausência dele. Na certa demoraria ainda um bom tempo até se dar conta. Camacho pensou que só notaria a sua falta depois das nove, quando todos estivessem a bordo do ônibus, já prontos para começar a viagem de cento e cinco quilômetros pelo ramal 319 até a tenda onde, segundo o roteiro, o engenheiro Cardoso iria explicar-lhes a façanha de construir uma trilha visível da Lua. O último item não figurava no programa, mas já fora repetido várias vezes durante a noite pela entusiasta Minerva Maria.

O colombiano pagou, saiu e começou a andar. Entre lojas e depósitos de pouca importância achou o que devia ter sido uma antiga mansão de negociantes de borracha. Parecia um pouco decadente e a pintura externa revelava manchas causadas pela umidade e o calor, mas conservava um atraente tom de dignidade.

A paisagem arquitetônica não era mais reconfortante que a da véspera, mas dessa vez reparou em alguns prédios que lhe pareceram interessantes. Sem que pudesse comparar-se propriamente com Paris, Manaus ficava melhor de dia que de noite. Algumas vezes avistou, no final de uma rua, a larga presença do rio Negro, cujas águas cor de coca-cola se tornam poucos quilômetros mais à frente tributárias do rio Amazonas.

Percorreu um trecho da rua Leonardo Malcher e desembocou depois numa avenida larga. "Avenida Getúlio Vargas", dizia na placa. Um pouco depois, a avenida larga se transformou numa rua estreitas sulcada por uma intrincada malha de vias curtas. Carmelo adorava os nomes das ruas: Floriano Peixoto... José Paranaguá... Quintino Bocaiúva... Miranda Leão...

Cercado por um mar de pessoas, apareceu de repente um insólito edifício de telhado *art nouveau* desgastado pela hostilidade do trópico. Havia chegado ao Mercado Central. Eram nove e quatorze. Ramsés já devia estar com saudades dele.

Ramsés olhou o relógio. Eram nove e dezesseis. A organização tentava oferecer aos visitantes uma imagem moderna de estrita pontualidade para contradizer certas lendas sobre a escassa disciplina horária dos brasileiros. Mas, ainda antes de começar o programa, nessa manhã o relógio estava um quarto de hora à frente deles. Minerva Maria acabava de lhe informar que estavam todos no ônibus, menos Carmelo. Achou estranho, porque ele era um dos mais pontuais, e pediu a Minerva Maria que voltasse para procurá-lo no refeitório ou ligar para o quarto.

A assistente voltou pouco depois com a mensagem que o ausente deixara na recepção. *"Querido Ramsés: não irei ao programa da Estrada Transamazônica. Decidi tirar um dia de folga. Tenho informação suficiente nos folhetos. De noite nos vemos. Boa viagem."*

A contrariedade do subsecretário do Ministério do Interior foi evidente, mas ele se limitou a informar a Minerva Maria que o ônibus devia partir de imediato. Subiram. A moça comentou com alguns dos jornalistas que Carmelo não iria com eles. "Vamos logo", disse Ramsés ao motorista. Já perdemos tempo demais".

Aguiar olhou para Regina em silêncio que fez um gesto de surpresa e ergueu os ombros.

O cheiro de fritura, a balbúrdia e a agitação do Mercado Central prometiam um delicioso bazar persa-amazônico. Entretanto, de repente Carmelo resolveu não ultrapassar a entrada do lugar. Não sabia por que agia assim. Também não sabia se estava fugindo do programa oficial com suas altas doses de visitas propagandísticas ou da monotonia do grupo de jornalistas. Ou — esta idéia pipocou apenas como um obscuro palpite — se por acaso não estava fugindo de Regina. Descartou-a por absurda. Um sujeito experiente como ele, cinqüentão e invicto em mais de uma batalha sentimental, dificilmente iria se apaixonar por uma garota sem atributos especiais que tinha a metade de sua idade. Consultou o mapa que trazia no bolso e se encaminhou para o porto.

Nessa hora do dia, o cais era assediado por todo tipo de embarcações. O ambiente estava pesado; o ar flutuava tingido com um denso cheiro de gasolina; sob os toldos nas calçadas, ao longo de uns duzentos metros, as bancas de peixe exibiam as capturas do amanhecer. Carmelo observava os exemplares de vastos bigodes, olhos esbugalhados, cor escura e sabor terroso que caracterizam a pesca fluvial. Quando era criança e passava as férias nas margens do rio Magdalena, seus pais o levavam para comer ensopado de peixe todos os dias 15 de agosto para festejar seu aniversário. Ao grupo se somavam seus avós maternos, a tia Clemencia, seus irmãos e seus primos. Camacho se lembrava da cena com horror: num balcão acossado pelas moscas, trinta e oito graus à sombra, os fregueses do restaurante devoravam umas tigelas de caldo fervendo onde, entre pedaços de mandioca, batata e banana, flutuava o ilustre cadáver do peixe. Lá embaixo corriam lentamente as águas do grande rio que havia sido a histórica espinha dorsal do país antes de se transformar, com o tempo, em monumental esgoto. Os bigodes do capitão, pois assim se chamava o peixe regional, não pareciam combinar com sua estatura mediana, mas se desvaneciam em cima do prato e sobre a toalha de plástico, como se se tratasse de um marechal-de-campo. Carmelo sempre lamentou sua falta de personalidade para expor com franqueza a repulsa que a travessa gordurosa, o peixe, a mesa, as moscas e o restaurante lhe provocavam. Uma e outra vez, até completar dezoito anos e a universidade não permitir mais que passasse as férias com a família, suportou com silenciosa abnegação esse festejo que detestava. Durante mais algum tempo, o ensopado de capitão continuou sendo um ritual importante de sua família, até que começaram a descer pelo rio outras coisas além de peixes. Corria o rumor de que, toda manhã, apareciam flutuando nas águas sujas dois, três, cinco cadáveres recolhidos e trazidos por outros rios tributários — o Ambeima, o Cucuana, o Ortega, o Saldaña —, procedentes das regiões onde imperava a violência política. Seu avô dizia que eram cadáveres de liberais assassinados pela Polícia conservadora. Carmelo nunca chegou a ver corpo nenhum. Mas seu pai, sim, justamente num domingo em que eles iam a caminho do restaurante popular. Era — como descobriu depois — um cadáver inchado e com cortes de facão que apareceu enredado entre os bambuzais de um remanso. Carmelo se perguntava como seu pai podia saber que era um cadáver liberal, mas preferiu ficar calado e não formular sua dúvida.

Agora, por um instante, Camacho havia sentido vontade de vomitar todos os ensopados de sua vida, ao se deparar no porto de Manaus com as bestas aquáticas boquiabertas sobre as mesas, e quis voltar para seu quarto. Nesse momento reconheceu que não tinha sido Manaus o motivo de sua escapada. O que queria, infantilmente, era pôr Regina à prova com um gesto de rebeldia. Surpreso por ter descoberto o que já suspeitava, tomou um táxi e voltou para o Hotel Amazonas.

A sessão de perguntas e respostas que antecedeu a caminhada pelas obras da rodovia Transamazônica obedecera até então ao típico modelo Funcionário-Técnico-Informa- Amavelmente-a-Jornalistas-Interessados. Sob um toldo climatizado, Drauzio Cardoso discorreu com luxo de cifras e detalhes científicos sobre a façanha de abrir 5.404 quilômetros de estrada no meio da floresta: cinco mil quilômetros que iam permitir explorar or-dei-ra-men-te os recursos naturais de uma região de quase cinco milhões de quilômetros quadrados, interconectar as vertentes fluviais de dois oceanos e dar oportunidades de emprego estável aos habitantes do Norte e Nordeste brasileiros. Nesse ponto alguém perguntou se a estrada não era, como acreditavam alguns, um exercício caro e inútil que uniria a pobreza do Norte com a miséria do Nordeste sem fornecer nada a nenhuma das duas regiões. Cardoso sorriu e disse que esperava essa pergunta, porque fazia parte do folclore que se opunha ao Grande Projeto. Sem com isto querer ofender o querido amigo jornalista, é claro. E a seguir explicou de que maneira a estrada Santarém—Cuiabá, que corre em sentido norte-sul, ia abrir para a colonização uma vasta região que havia séculos esperava que suas riquezas fossem aproveitadas. Senhores, acrescentou o engenheiro, na Amazônia estão oitenta por cento, repito, oi-ten-ta por cento das reservas madeireiras do Brasil, oitenta por cento das reservas de água doce, cem por cento das de estanho, noventa e três por cento das de alumínio e certamente algumas das mais va-lio-sas reservas petrolíferas do mundo. O único problema é que hoje é impossível chegar até elas: a rodovia Transamazônica será o mapa desse tesouro.

Depois o japonês perguntou se era verdade que a estrada seria vista da Lua, e como podiam saber isso, e Cardoso recorreu de novo à dose de folclore, meu querido amigo, que, como em toda façanha mítica, cerca a nossa obra; e concluiu com uma frase gentil no sentido de que talvez os primeiros que poderiam dizer se podia ou não ser vista da Lua seriam os japoneses, povo admirável cuja tecnologia certamente lhes permitirá colonizar a Lua antes de nós.

Foi então que León Finkelstein levantou a mão. Cardoso lhe indicou com um gesto e um sorriso que estava com a palavra. O argentino ficou em pé — era o único que costumava se levantar nessas situações, como na escola — e perguntou se a rodovia Transamazônica iria determinar o genocídio definitivo dos povos indígenas. Cardoso começou a responder, meu querido amigo, que essa era outra das idéias nocivas, mas Finkelstein não o deixou continuar. Disse que não ia permitir que ele escamoteasse a resposta com o truque do folclore e leu estatísticas anotadas em seu caderninho, segundo as quais no começo da colonização portuguesa havia oito milhões de indígenas, dos quais só sobreviviam hoje trezentos mil. Cardoso pretendeu dizer que evidentemente se cometeram erros no passado, erros dos quais, mas Finkelstein exigiu de maneira peremptória que o deixasse terminar a pergunta, e prosseguiu: nestes anos em que a ditadura militar brasileira governa o país (Ramsés fica paralisado e boquiaberto: ditadura!) ocorreram repetidos massacres de indígenas na Amazônia e participaram do saque tenebrosos capitalistas estrangeiros como o senhor Daniel Keith Ludwig (Ramsés e Minerva Maria se olharam admirados). Eles é que são os verdadeiros donos do Amazonas, e a estrada só servirá para tornar mais fácil a penetração dos que vão despojar e aniquilar os indígenas. Cardoso pareceu pedir socorro com o olhar e Ramsés sentiu-se obrigado a ir para a frente. Vejo, disse Ramsés, que o amigo Finkelstein na realidade não tem uma pergunta que o engenheiro Cardoso possa responder, mas um pequeno discurso político. Se ainda não terminou, peço que o faça, espero que com a maior concisão possível. E, se já terminou, convido-os a olhar no próprio terreno as poderosas máquinas que estão realizando uma façanha de engenharia que não tem comparação no mundo e que enche todos os brasileiros de orgulho.

Antes que Ramsés terminasse suas palavras, Finkelstein havia se sentado novamente. Era evidente que dava por terminada sua intervenção. Os jornalistas começaram a recolher seus papéis e a se dirigir para a saída. Durante menos de três minutos havia flutuado um bloco de gelo na caldeira do Amazonas.

Com ajuda de Deus

Entre os papéis que a organização lhes entregara, havia um que chamava especialmente a atenção de León Finkelstein: um discurso do presidente Garrastazu Médici que era uma espécie de prólogo à Transamazônica. Tinha sido pronunciado no dia 6 de julho de 1970, em Recife, sob o impacto da pobreza nordestina. No silencioso caminho de volta a Manaus, depois do dia de visita às obras da estrada, o argentino, mordendo um lápis, percorria o discurso em busca de citações para suas crônicas. "Vim ver e vi. Vi a paisagem árida, as plantações perdidas, os povoados mortos. Vi a poeira, o sol, o calor, a inclemência dos homens e do tempo, a desolação. Vi o homem. Falei com esse flagelado. Vi seus farrapos, apertei sua mão, vi o que comia, perguntei pelos seus, pela sua terra, pelo seu trabalho, pelo seu patrão; vi os homens que só comiam feijão e farinha insípida. Vi o sofrimento dos jovens com mais de dez filhos. Vi os meninos privados de toda ajuda ao longo do caminho. Vi a mão verde-oliva dos companheiros do Exército, estendida para esse homem como estrutura atuante de assistência social."

Retórica, pensou Finkelstein, e levantou a vista. Estava num dos bancos traseiros e tinha como paisagem interna perfis e nucas. Havia sido um dia difícil e cheio de contrastes: notava isso na atitude áspera de Ramsés e Minerva Maria e na simpatia do enviado do *Washington Post* e da inglesa alta. Sabia que suas perguntas desencadearam uma situação embaraçosa, mas afinal promoveram a atitude abertamente crítica que caracterizou o resto da visita à Transamazônica. O argentino se comprazia pensando que, sem a explosão de seus "incômodos" disparos, talvez não tivessem surgido as inquirições de outros colegas que, com os pés enfiados na lama amazônica, fizeram novos questionamentos sobre os indígenas, o meio ambiente, o custo da obra, a atração do grande capital pela devastação da floresta. A viagem de volta estava sendo surpreendentemente silenciosa. Umas enormes nuvens escuras começavam a cobrir a floresta e respirava-se o clima de iminência que precede os temporais. Em outras ocasiões, o alemão simpático tentava organizar coros no ônibus para cantar "El cóndor pasa"; Ramsés desfilava amável e simpático pelas diversas fileiras; ouviam-se as gargalhadas do japonês, as risadas das guias e os comentários esportivos de Sérgio Pinheiro; uma vez, inclusive, depois de algumas caipirinhas, Nicanor Jiménez gritara pedaços incoerentes do corrido de "El caballo blanco". Dessa vez a viagem era tranqüila e muda, produto do céu carregado, do cansaço e dos momentos tensos que se produziram devido às perguntas de Finkelstein. Era uma hora propícia para conversas em voz baixa, como a que mantinham o francês com sua intérprete. O regresso parecia mais longo que a viagem da manhã. Ayumi e Hirotaka ficaram em silêncio e se deixavam seduzir pelo espetáculo da floresta escura. Na última fileira, Regina olhava pela janela enquanto ao seu lado cochilava Sérgio Pinheiro. Paralelo a Finkelstein, mas na ponta oposta, Virgílio Vicente Aguiar, com seu chapéu imperturbável e seus dedos amarelos, cavilava e fumava um pequeno charuto.

Agora, solitário em seu assento, Finkelstein voltava ao discurso que lhes entregaram como documento fundador do grande milagre redentor da Amazônia. Lia sob o pequeno facho que sua luz individual projetava do teto. Era a única que quebrava a escuridão do interior do ônibus. Após alguns parágrafos poético-demagógicos, o argentino começou a encontrar a substância que buscava: "...aqueles que não pensam em solução alguma, aqueles que só pensam no protesto para fomentar a revolução social que nos dividirá, que sacrificará gerações, aumentará a miséria e atrasará o encontro do nosso caminho". Depois o discurso anunciava que não prometia milagres (Finkelstein sublinhou a palavra "milagres" com sua caneta azul), convocava as forças vivas da nação e apelava à imprensa nacional para que "se preocupasse menos com impacto e o sensacionalismo" (*sublinhado duplo*). O discurso se aproximava do final. "Faço um apelo à juventude para que não desperdice sua generosidade e sua energia perseguindo objetivos que não levam a nada (*sublinhado tímido*) e que se una aos homens que estão preparando de fato o amanhã do Brasil". Finkelstein sorriu: podia adivinhar quem eram esses homens.

Um pouco mais tarde veio o dilúvio, um verdadeiro apocalipse de águas, trovoadas e relâmpagos. A cortina do aguaceiro era tão densa que não deixava ver nada a três metros de distância. O teto do ônibus era um tambor que parecia disposto a ceder sob a fúria da torrente. O motorista diminuiu a marcha até parar. Por sua localização na parte de trás, Finkelstein não podia ver os rostos; mas, pelos olhares inquietos de perfil, os comentários sufocados pelo estrondo e os sorrisos nervosos, deduziu claramente que todos prefeririam já estar sob o acolhedor teto do hotel.

Aguiar se inclinou para o lado em que estava o argentino e fez sinal de se aproximar dele.

— Queria saber — disse Aguiar — quantos dilúvios destes vai suportar a Transamazônica...

Finkelstein riu e piscou um olho, com a convicção animadora de que tinha pelo menos um cúmplice no grupo de funcionários oficiais.

No seu quarto, após tomar um banho e trocar de camisa, Carmelo tinha a sensação de que continuava impregnado do cheiro azedo dos peixes expostos ao sol no porto. Pensou então no absurdo final do seu percurso amazônico, malogrado pelo cadáver de um peixe bigodudo, e não pôde conter um sorriso. Mais uma vez se desdobrava, tornava a ver-se pelo lado de fora e entendia o tom de opereta de sua situação. Sua vida inteira era assim, uma representação levemente tingida de ridículo. A única defesa era pular rapidamente do palco para a platéia e transformar-se em espectador. Pensou que gostaria de contar a Regina a história de sua aventura selvática e compartilhar com ela as risadas.

Quase automaticamente começou a preparar uma coisa que queria deixar na recepção antes de se encontrar com Ramsés e os outros. Não encontrando melhor embalagem, enfiou o gravador de Regina num envelope grosso que inventara, com a ajuda de sua tesoura de unhas, a partir de dois papéis timbrados do hotel. Preparou cuidadosamente o pacote. O gravador estava parado no ponto da fita onde se começava a ouvir "desalento". Os versos eram um pouquinho mais carregados de emoção do que ele gostaria ("Sim, vai e diz, diz assim, que eu chorei, que eu morri de arrependimento, que o meu desalento já não tem mais fim"). Mas ela saberia dar os descontos necessários na canção de Chico Buarque. O conteúdo da carta era ainda mais oblíquo. Consistia apenas numa abertura amável ("*Querida Regina*"), uma frase própria ("*Quero copiar para você uma coisa que o Millôr diz*") e uma citação textual de Millôr Fernandes: *"É fundamental saber que é preciso corrigir sempre. É fundamental saber que é perigoso corrigir demais. É indispensável saber que certas coisas não têm correção".* Tornou a ler antes de pedir fita durex ao funcionário para fechar o pacote, e tornou a gostar. Não dizia demais (era perigoso dizer coisas demais), mas parecia propor uma emenda (é indispensável corrigir sempre) e deixava a cargo de Regina a interpretação final.

Pôs o pequeno volume nas mãos do empregado pedindo para deixá-lo no escaninho da senhorita Regina Campos Barbosa. Quando lhe entregou a chave, que guardava no bolso, o funcionário lhe deu um envelope que estava ali desde a véspera. Era de Regina.

Carmelo se afastou da recepção e se sentou num canto afastado do salão principal. Abriu-o com mais nervosismo do que curiosidade. Continha uma série de papéis com informações sobre o guaraná que Regina havia copiado com sua própria letra. Na parte superior da primeira página podia-se ler uma simples mensagem. "Acho que vai interessar a você. Carinhosamente, Regina." Carmelo ficou um pouco desconcertado com a sobriedade. Uma folha começava com a lenda do guaraná: "Para além do rio Ramos, na margem do Maués, morava uma índia sateré muito serviçal que conhecia como ninguém as plantas da floresta..." Etc. Outro papel continha informação científica: "GUARANÁ: *Paullinia cupana var, sorbilis.* Família das sapindáceas. Refrigerante, calmante e tônico cardíaco. Excelente medicamento geriátrico. Combate a arteriosclerose". Etc. A expressão "excelente medicamento geriátrico" estava perversa e carinhosamente sublinhada. Números de produção, descrição do fruto etc. apareciam na folha seguinte. Era um documento sem códigos, exceto a frase sobre a geriatria. Um impecável e eficiente cumprimento de dever (informações para um Jornalista Internacional) que, contudo, implicava muito mais: uma iniciativa por parte de Regina, um cuidado especial, um detalhe de atenção que ia além do dever cumprido. Carmelo pensou que devia entender isso como uma aproximação. Seu pacote de gravador, frase e canção ia ser interpretado como uma resposta; perdia assim o caráter de gesto espontâneo, mas ao mesmo tempo Camacho pensou que seria uma oportuna — e coincidente — resposta ao envelope de Regina. De certo modo, preferia que as circunstâncias tivessem tirado do pacote o comprometedor peso da iniciativa. Não queria que Regina pensasse que estava apaixonado por ela, era só o que faltava. Ele não passava de um irmão mais velho.

Entrou no bar vietnamita-amazônico e pediu guaraná com vodca.

Quando o grupo do passeio à Transamazônica chegou, pouco depois, o primeiro que veio lhe contar a novidade foi o ex-correspondente americano. Você nem imagina — disse fascinado — como é o Novo Finkelstein. E relatou o incidente com o engenheiro Cardoso e a intervenção de Ramsés. Carmelo deduziu de imediato que o argentino não tinha ido para a cama com Minerva Maria.

Finkelstein entrava nesse momento com Mister México. Então, o que houve? perguntou a Carmelo. Saí por aí — respondeu o colombiano. — O Mercado Central e o cais do porto são muito mais interessantes que uma estrada. Não deixem de conhecer. Nicanor Jiménez se mostrou interessado. Onde consigo material sobre esse Mercado?, perguntou. Por toda parte, respondeu Camacho. Ramsés acabava de entrar no bar e aproximou-se do colombiano. Mas se limitou a olhar para ele e balançar a cabeça num gesto reprovador. Sem saber bem por quê — talvez em outra ameaça de rebeldia ou para festejar o trabalho de Finkelstein e o triunfo de sua profecia sobre Minerva Maria —, Camacho pediu champanhe e brindou à Amazônia. Vários lhe fizeram eco das outras mesas.

— É uma vergonha — disse Finkelstein baixinho. — Você tinha razão. Minerva Maria era uma armadilha. Vou ter que ir à forra no Rio com Dafne.

Carmelo concordou como se não fosse preciso falar mais nada. Na verdade, estava pensando naquele momento na reação que Regina teria ao receber o envelope.

Um pouco mais tarde, um garçom se aproximou da mesa e perguntou pelo senhor Carmelo Camacho. No telefone do balcão havia uma ligação para ele. Enquanto o levava até o aparelho, o garçom perguntou-lhe se achava gostoso guaraná com vodca. A cara do garçom não era propriamente de horror, e sim de profundo espanto. Carmelo confirmou com timidez enquanto pegava o fone. Era como se em vez de guaraná com vodca tivesse pedido sangue de morcego ou miolos de iguanodonte.

Era Regina. O colombiano se apressou a agradecer os papéis sobre o guaraná, especialmente a informação animadora a respeito de suas propriedades geriátricas. A moça riu.

Passaram-se alguns segundos um pouco embaraçosos e por fim ela se referiu à frase de Millôr e comentou que era um gênio.

— Vejo que recebeu meu pacote tímido — mencionou Carmelo aludindo a um verso de "Construção", outra canção de Chico Buarque que ouvira no cassete.

— Recebi — disse ela sem mais comentários.

Outro silêncio. E Regina tornou a falar.

— Olha só — disse —, combinei de sair esta noite com um grupo para jantar e ver a noite por aí...

Deixou a frase em suspenso.

— Quem são? — perguntou Carmelo.

— Bem, algum alemão, o francês, o do *Washington Post*, a inglesa, algumas moças, Sérgio e outros mais. Você quer vir?

Carmelo notou que ela havia deixado Sérgio para o final da lista e imaginou que continuavam ligados.

— Não, obrigado, não posso — mentiu Carmelo. — Estava planejando sair com Nicanor Jiménez e os japoneses.

Após um novo silêncio, Regina disse "ah" com certo desencanto. E acrescentou:

— Sinto muito. Pensei que era uma boa ocasião para estarmos um pouco juntos novamente.

— Olha — disse Carmelo com uma súbita força que o fez vencer a cerca de arame farpado que crescera ao redor de Regina: — Adoraria estar novamente em sua companhia; é uma coisa que espero há dias. Mas não com um séquito de quarenta acompanhantes.

O ímpeto não foi tanto para que se atrevesse a mencionar Sérgio. Mas não era preciso.

— Eu também queria conversar com você a sós; quer dizer — corrigiu a tempo —, sem acompanhantes, como você diz. Mas essa história surgiu durante a viagem à Transamazônica e eu não podia imaginar. Enfim.

— Não se preocupe, entendo você — disse Carmelo mais tranqüilo. — Ainda temos vários dias pela frente.

— Adorei a mensagem que você me mandou com o Chico. — Regina sentia-se agora mais liberada para falar. — Você sabe de quem é a letra? De Vinicius de Moraes.

— Poeta e diplomata — disse Carmelo.

— Sim, senhor — retrucou, já alegre.

Quando terminaram a conversa, Carmelo ficou com a sensação de que as coisas com Regina estavam normalizadas. Mas pela primeira vez sentiu uma angústia estranha: a angústia de que a viagem já não tinha dias a mais e sim dias a menos.

Voltou ao bar vietnamita e encontrou Nicanor Jiménez sozinho. Os outros tinham saído para jantar em grupos. Levantou a mão pedindo um guaraná com vodca para substituir o que se extraviara durante sua ausência da sala, mas não foi necessário. O garçom já trazia um.

— Diga a verdade — perguntou Camacho em portunhol. — Por que você acha tão esquisito eu pedir guaraná com vodca?

— Sei lá — respondeu o garçom. — Alguns anos atrás estava na moda uísque com guaraná. Tem gente que pede guaraná com cachaça; não muita gente, mas tem. E uma vez conheci uns turistas que misturavam guaraná com rum. Parecia xarope para a tosse. Mas é a primeira vez que alguém pede com vodca.

— Pronto — interveio Jiménez. — Pode incluir no menu e chamar de Coquetel do Senhor Camacho.

— "Coquetel do Senhor Camacho" — repetiu o garçom. — Muito bom.

Jiménez explicou depois a Camacho o que ele já sabia: que alguns coquetéis famosos, como o *alexander* ou o *bloody mary*, tomaram o nome do inventor. O *bloody mary*, por exemplo — continuou Jiménez —, foi inventado por uma rainha da Inglaterra chamada Maria no dia em que ia ser degolada. Por isso o *bloody*. É histórico.

Camacho fingiu surpresa e comentou que era um detalhe muito interessante. Descobrira que Jiménez lhe despertava uma curiosa ternura.

— Bem — observou Camacho. — Acho que todos nos abandonaram. Vamos.

— Vamos jantar nós dois? — perguntou Jiménez, surpreso.

— Na verdade — disse Camacho —, está me dando um cansaço tremendo. Acho que vou tomar um bom banho, pedir um sanduíche no quarto e dormir cedo. Amanhã temos uma longa jornada, com avião e tudo o mais.

Tomou o último gole, assinou a conta e fez um gesto para Jiménez querendo dizer que era hora de se retirar. Mas Mister México preferiu permanecer solitário no bar.

— Tenho muitas coisas rodando na cabeça, senhor Camacho — disse.

Carmelo se despediu um pouco desconcertado e Jiménez ficou ensimesmado no bar, único sobrevivente do grupo da Expo Brasil no cantinho da Indochina no Amazonas.

Quando pediu a chave, Camacho recebeu também um envelope inesperado. Estimulado pela azáfama de amores por papeizinhos que se instalara na viagem, imaginou que a noite não seria tão desoladora, e que talvez as possibilidades do banho em boa companhia não fossem tão remotas. Cheio de curiosidade e com uma lufada de ilusão, afastou-se para abrir o envelope.

O anjo do Senhor

A mensagem era de Aguiar.

Impávido colosso colombiano — dizia. *Tenho uma coisa interessante para lhe contar. Seria bom se me telefonasse ao quarto 322 antes das dez e meia da noite de hoje, ou amanhã depois das 7 da manhã.*

Camacho consultou o relógio. Faltavam quinze minutos para as onze, mas pediu que ligassem para o quarto 322.

Aguiar reconheceu a voz imediatamente e pediu-lhe para subir.

— Você vai me encontrar de pijama, mas não acredito que fique escandalizado.

Quando chegou ao quarto, Carmelo não se escandalizou mas teve que se conter para não rir. Com seu imprescindível charuto mata-rato nos lábios, óculos escuros no nariz e uma boina na cabeça, Aguiar estava com um pijama neobarroco de cores múltiplas cujas calças, bastante grandes para o porte magro e pequeno do proprietário, ameaçavam constantemente despencar no chão. Cada vez que estava a ponto de acontecer esse incidente, a mão de Aguiar reagia por instinto e as segurava. Foi uma espécie de balé acrobático de suspense, que se desenvolveu durante vários minutos, enquanto Aguiar, sem consultar o convidado, tirou uma garrafinha de uísque do frigobar, caminhou até o banheiro para lavar um copo que estava em sua mesinha-de-cabeceira (o da dentadura?, pensou com pânico o colombiano), voltou, enxugou-o com uma toalha úmida que estava jogada em cima da cadeira (a dos pés?, tornou a pensar, apavorado), entregou-o a Carmelo, foi de novo ao banheiro para soltar a forminha de gelo com água quente, voltou para jogar dois pedaços de gelo no copo que Camacho estava segurando, guardou a forma na geladeira, retornou ao banheiro para apagar a luz, quando regressou soprou umas cinzas da mesa para que o convidado pusesse ali seu copo de uísque e por fim sentou-se na cadeira da toalha, olhou fixamente para Carmelo, pegou seu próprio copo, já meio vazio, e disse:

— Considera-se um pecador, impávido colosso?

— O sexto mandamento é claro que não violei — respondeu Carmelo, admirado de que a calça do pijama não houvesse chegado ao chão. — Pelo menos nesta viagem...

— Estou me referindo a pecados mais graves e que exigem menos esforço que o da fornicação, estimado militarista colombiano. Por exemplo, você não ficou cheio de inveja do milagre econômico dos seus vizinhos brasileiros? Não quis imitar, cheio de soberba, este grande país?

— Bem, admito que sim. Como você soube?

— Vejo isso no seu olhar concupiscente. Você sabe que a inveja, a soberba e a luxúria são pecados capitais?

— Rapaz, já ouvi dizer algo assim.

Aguiar tomou um gole do seu copo.

— Você está em paz com Deus, impávido colosso?

Carmelo bebeu também com resignação. O uísque nunca fora sua bebida favorita. E menos ainda naquelas circunstâncias.

— Fui coroinha quando criança, mas não sei se isso conta pontos. Era em latim. Pensando bem, acho que estou em déficit.

— Era o que eu temia — Aguiar balançou a cabeça. — Creio que você precisa de uma jornada de perdão. Algum vigário de Cristo deve lhe dar sua bênção, porque nunca se sabe o que pode acontecer meia hora depois. O mundo está cheio de perigos (Aguiar apontava o indicador para o teto). Principalmente nesta terra, meu amigo.

Transcorreram alguns segundos, durante os quais Carmelo se refugiou no seu uísque.

— Se você quer ficar em paz com o Senhor, eu posso ajudá-lo — continuou Aguiar.

Carmelo não entendia aonde o peculiar funcionário queria chegar, e entrava no jogo com uma curiosidade cada vez maior.

— E o que precisa fazer um pobre pecador para obter a bênção?

— Mais importante que o *como* é o *quem*. Receio que seus pecados não hão de ser perdoados por uma jurisdição menor, digamos, um capelão ou um padre de paróquia.

— Tenho o mesmo receio.

— Talvez seja necessário o poder de absolvição de uma bênção episcopal.

— No mínimo.

Aguiar se levantou outra vez e abriu uma nova garrafinha de uísque, que dividiu eqüitativamente entre os dois copos.

— Impávido colosso do pecado: estou em condições de lhe oferecer, se estiver interessado, uma entrevista com dom Hélder Câmara, bispo de Olinda e Recife, homem de indiscutível bondade cujo senso evangélico poderia ajudar você a arrumar sua vida desregrada.

Carmelo ficou surpreso. Por alguma mágica que talvez não fosse prudente averiguar, Aguiar tinha contatos com o

Bispo Vermelho, um dos pais da Teologia da Libertação, frágil e inerme contrapeso da propaganda oficial. Outro gole lhe permitiu disfarçar o entusiasmo que tal oferta lhe causava, para prosseguir o diálogo em termos aguiarianos.

— E o que um pecador arrependido deve fazer para ouvir a voz de tão doce pastor?

— Depois de amanhã é domingo, dia do Senhor, e Ele quis que coincidisse com nossa passagem por Recife. Se o pecador desejar receber a graça santificante transmitida pelo bispo local, eu poderia me encarregar de que o nobre vigário ouvisse sua confissão na parte da tarde.

— O nobre vigário manda no meu coração e na minha agenda.

— Muito bem. Condições: primeira, só poderão ir dois pecadores: "Muitos serão os chamados e poucos os escolhidos." Esses dois serão você e o senhor Finkelstein, porque, embora em seu nome e sobrenome ressoe um forte eco judaico, é bem conhecido o senso ecumênico da Igreja de João XXIII, interpretado, entre outros, pelo bom dom Hélder. Segunda, Deus quer que esta missão se realize em absoluto silêncio e discrição. Terceira, um anjo de Senhor fará contato com os dois pecadores em Recife e lhes dirá os passos que devem seguir para o encontro pastoral.

— Faça-se de mim o que o Anjo disponha — disse Carmelo. — E o outro pecador, já sabe?

— Saberá — respondeu Aguiar. — No escaninho dele descansa uma mensagem igual à que trouxe você aqui. Mas, como ele, sim, tenta violar o sexto mandamento, e com uma companheira muito bela mas muito má, suspeito que só amanhã vou receber seu telefonema.

Carmelo entendeu que Aguiar aludia a Minerva Maria e achou prudente tranqüilizá-lo.

— Posso informar a Sua Eminência que o outro pecador entendeu finalmente que se tratava de uma armadilha que o Demônio lhe armava e se arrependeu de andar em companhias tão duvidosas.

Aguiar fez um gesto de aprovação, levantou-se de novo, recolheu os copos e deixou-os na pia. Era evidente que dava a reunião por terminada.

Carmelo teve uma surpresa de dimensões amazônicas quando, ao entrar no avião para a enésima viagem da turnê, viu que Regina lhe fazia sinais e o convidava para sentar-se ao seu lado. Estava um pouco curvada sob o bagageiro, e não só chamou a atenção de Carmelo que a jovem escolhesse um gesto tão claro de aproximação, mas que o fizesse de maneira pública. Era como se estivesse arrependida por tê-lo convidado na véspera para ser a ovelha negra de um grupo no qual sabia que ele se sentiria mal, pensou Carmelo. Ou, com mais certeza, como se houvesse brigado com Sérgio e quisesse provocar ciúmes.

O colombiano agitou a mão com a revista que acabara de comprar no aeroporto e se dirigiu para lá.

— Você viu a capa da última *Time*? — perguntou com euforia um pouco excessiva, que procurava disfarçar a euforia causada por viajar ao lado de Regina e por iniciativa dela.

— Quero ver — pediu Regina.

A matéria central era dedicada a Woody Allen, cuja fotografia observava o leitor da capa com olhos de *blood hound*.

— Adoro Woody Allen — disse Regina. — Sabia que escreveu o roteiro de *Bananas* em quinze dias?

— Não vejo a hora de mostrar a revista para o alemão antipático — alegrou-se Carmelo. — Para ele, é impossível um humorista sair na capa de uma revista importante.

— Não sabia que disse uma bobagem dessas.

— Pois disse. Agora quero ver a reação dele quando vir Woody Allen na capa da *Time*.

— Que idiota. Não só por esse comentário, mas porque é realmente um imbecil. Mesmo assim — prosseguiu em tom de confidência — me contaram que ele transa com a intérprete de alemão.

— Você me deixa boquiaberto.

Regina sorriu.

— Sei disso. Você não vai acreditar nos casais que se formaram nessa excursão.

Carmelo sentiu uma mistura de pasmo e inveja, mas se controlou bem.

— Deve ser: por isso dizem que o amor é cego.

— Eu que o diga — suspirou Regina.

Ela agora abria uma porta para sua intimidade.

— Aconteceu alguma coisa? — perguntou o colombiano.

Regina bateu em retirada rapidamente. Negou com a cabeça e Carmelo viu-a sorrir para alguém que estava atrás dele. Quando olhou de novo descobriu Nicanor Jiménez, sua sombra, seu escudeiro, seu prolongamento, sua cauda, sua excrescência, ocupando a poltrona vazia, no corredor. O mexicano estava instalado com toda a comodidade e trazia no colo um pacote de folhetos, revistas e livros. Havia baixado a mesinha da frente e se dispunha a fazer anotações a lápis num caderninho.

Embora a expressão de desagrado de Camacho fosse indisfarçável, Jiménez ensaiou um sorriso.

— Só vou incomodar o senhor se tiver problemas com a tradução deste material para o espanhol, senhor Camacho.

Eram folhetos em português relacionados com o Teatro Amazonas, o Mercado Central, o sistema fluvial dos rios Negro e Solimões e outras atrações da cidade. Ele os havia comprado ou pegado durante o passeio turístico da manhã, quando os Jornalistas Internacionais se deslumbraram, conforme o planejado, diante de um palácio de ópera "perdido no meio da floresta espessa" (a guia *dixit*) "onde contam que o grande Enrico Caruso realizou uma de suas mais portentosas interpretações de *Aída*". O que era mentira, garantiu o francês para todo o grupo: Caruso jamais cantara em Manaus.

— Está bem, Nicanor — disse Carmelo com uma contrariedade mal disfarçada, e virou as costas para conversar com Regina.

Só pôde fazê-lo por alguns segundos, porque logo ouviu a primeira pergunta de Jiménez.

— Desculpe, senhor Camacho, o que é exatamente um edifício neoclássico?

Carmelo preferiu ser educado. Fechou os olhos e falou devagar.

— Amigo Jiménez — disse pronunciando cada sílaba de cada palavra. — Estou tentando conversar com minha vizinha. Há vários dias o senhor me persegue com sua impertinência. Vou lhe pedir para me deixar tranqüilo por um tempo, só um tempo. Leia, durma, coma, escreva, faça o que tiver vontade, mas, pelo amor de Deus, me deixe em paz pelo menos por um tempo, está bem?

O mexicano ficou pálido e ouviu a bronca sem pestanejar. Quando ficou claro que Carmelo havia terminado, Jiménez, sem levantar a vista dos folhetos, gaguejou:

— Tem toda a razão, senhor Camacho. Desculpe. Não creia que eu não percebo que me transformei num problema. Sinto muito.

Depois soltou a fivela do cinto de segurança, juntou os folhetos e se dispôs a procurar outro lugar. Mas Carmelo o deteve. Acontecia muito com ele: magoava alguém que estimava e logo depois reagia envergonhado por sua própria desconsideração.

— Não, não, Jiménez, não é isso, fique tranqüilo. Não quero que vá embora. Só lhe peço para me deixar conversar um pouco com minha vizinha, mais tarde nos falarmos.

Jiménez permaneceu imóvel por alguns segundos e tornou a acomodar-se na cadeira.

— Obrigado, senhor Camacho. É que às vezes sou como a Lei do Capitão Murphy.

Impaciente para encerrar o diálogo, Carmelo deu uma palmadinha no braço dele e voltou a conversar com Regina, que folheava a revista.

— Apesar de tudo — disse Carmelo à jovem —, gostei mais de *Um assaltante bem trapalhão* que de *Bananas*. Tem frases inesquecíveis, como aquela "o sexo só é sujo quando é feito adequadamente". Não concorda?

Regina pensou alguns segundos e respondeu com seriedade:

— Acho que sexo sempre é limpo.

— Não consegue parar de pensar nisso? — brincou Carmelo. — Eu perguntei se concorda que *Um assaltante bem trapalhão* é melhor.

Então Regina soltou uma gargalhada e Carmelo se sentiu feliz.

O amor não é apenas cego mas também idiota, deduziu Carmelo pela conversa com Regina. Não havia brigado com Sérgio Pinheiro. Pelo contrário, confessou: a cada dia que passava Sérgio se tornava mais indispensável para ela. "A bolha me está envolvendo mais e mais", disse. Mas confessou que sentia saudade de Carmelo, que o notava distante, e que queria que voltassem a conversar como faziam no começo da viagem. Adorava a maneira como Carmelo encarava as coisas. Sempre interpunha uma lente de humor que quebrava a solenidade oficial e, ao mesmo tempo, afastava-se do habitual desdém com que muitos jornalistas estrangeiros observam as "nossas coisas". Carmelo não sabia o que responder. Argumentou que esse ceticismo risonho talvez se devesse à idade. Ou ao fato de ter lido muito. Ou talvez por ter participado de muitas dessas viagens. Quem sabe tenha entendido a relatividade de tudo. Desconfio que olhar o mundo com cuidado leva a gente ao cinismo, concluiu Carmelo. Cinismo não, disse Regina: *spleen. Spleen.* Fazia um bocado de tempo que Carmelo não ouvia esse termo: desde quando era um fervoroso leitor de alguns poetas do fim de século. Sorriu levemente e resolveu concordar, embora soubesse que aquilo não era *spleen,* atitude que lhe parecia um pouco piegas e fora de moda.

De repente ela soltou uma pergunta inesperada que pegou Carmelo de surpresa.

— Você é casado?

— Sou — mentiu Carmelo, que estava separado havia mais de quinze anos de uma jornalista de rádio que fora sua esposa.

— E é feliz?

O assunto incomodava o colombiano. Obrigava-o a uma exposição tediosa e pré-fabricada.

— Conto se você me deixar perguntar uma coisa depois.

Regina sorriu. "Tudo bem", disse.

Carmelo não teve outro jeito senão apelar para a previsível tirada sobre o que é a felicidade, a impossibilidade de consegui-la, a insatisfação como único estado aceitável no homem, a importância de descobrir o mundo a cada dia como antídoto contra a desventura etc. Conclusão: declarou-se infeliz. Mas pensou consigo mesmo o que Regina diria se soubesse que era bastante afortunado e que tinha encontrado a felicidade na rotina, na reiteração do cotidiano: justamente em não descobrir o mundo a cada dia, mas em pisar sempre nas mesmas pegadas seguras e agradáveis...

— Tenho que confessar — disse Regina — que me sinto feliz, apesar de saber que não deveria ser assim, que não tenho o direito de ser feliz no mundo e no país que me couberam. Talvez este seja meu único fator de infelicidade. Quero dizer, questionar o direito à felicidade.

Carmelo não se sentiu autorizado a dar uma guinada de cento e oitenta graus e defender o direito à felicidade, de maneira que preferiu um comentário vago:

— Cada qual tem o seu mundo e cada mundo é diferente.

— Bem, agora pode fazer a pergunta que queria.

Camacho vacilou e quis que sua hesitação fosse notada. "Não sei se vale a pena", disse. Regina o incentivou a perguntar. "Trato é trato", argumentou.

— Está bem — aceitou Carmelo, e deixou passar alguns segundos antes de dar com uma pergunta que, mais que uma pergunta, era um passaporte para outra terra. — Você acha mesmo que o sexo é sempre limpo?

A pergunta pegou de surpresa Regina, que deixou escapar um sorriso nervoso.

— Ficou interessado no assunto, não é?— respondeu sem olhar para o colombiano.

— Digamos que me chamou a atenção sua facilidade para se confundir de pergunta.

— Está bem: *take my answer and run* — disse ela: — Acredito que o sexo é uma linguagem inclusiva.

Carmelo deixou passar alguns segundos.

— Ou seja? — perguntou então.

Regina levantou os ombros.

— Ou seja, que é um modo de se expressar, um léxico de emoções que deve ser aceito com todos os seus recursos, que deve incluir possibilidades, não excluí-las. Ou será que quando você escreve pensa que existem palavras que nunca usaria num texto por serem sujas e proibidas, e outras que são brancas e permitidas?

— Não. Mas você pulou da cama para a máquina de escrever, não é justo.

— Como vou explicar? Enfim, acho que, em matéria sexual, vale qualquer coisa que dê prazer. Não falo de estupros e coisas com crianças, é claro, mas de adultos que compartilham uma paixão. Você não pensa assim? Devolvo a pergunta: você acha que há sexo sujo e sexo limpo?

Da sua poltrona, a janela proporcionava a Carmelo uma visão limitada e não chegava a ver a floresta; mas imaginou que lá embaixo jazia aquele enorme remendo verde que acompanha boa parte dos vôos pelas Américas. O céu oferecia um crepúsculo tranqüilo, cortado por azuis e vermelhos.

— Posso responder com uma confissão? — perguntou Carmelo à sua vizinha num tom que prometia intimidades.

Regina emitiu um "é claro" quase inaudível. Carmelo tomou impulso. Queria provocar um preâmbulo de suspense.

— Sabe de uma coisa? Eu devo ter a convicção inconsciente de que há sexo sujo, porque, não vá rir de mim, uma das minhas fixações é entrar no chuveiro com as mulheres que me atraem.

— Quer dizer que seu sonho sexual é tomar banho com, sei lá, Brigitte Bardot ou Jane Fonda?

— E Sophia Loren, e Jacqueline Kennedy, e Natalia Bosque, mais conhecida como Natalie Wood, e as irmãs Dionne, e a esposa do editor de economia do meu jornal, e minha prima Luisa quando tinha dezoito anos e muitas mais. Não sei se todas ao mesmo tempo, mas poderia ser.

— Puxa: vai precisar muito sabão e muita água quente...

— Aplique isto à sua pergunta: se eu relaciono sexo com banho, deve ser porque no fundo considero o sexo um pouco sujo.

— Ou então ao contrário — propôs Regina. — Pode ser que o sexo signifique para você um banho que purifica, não tenho idéia.

Carmelo ficou felizmente perplexo.

— A interpretação não é nada má. O sexo como purificador, o banho como ritual. Gosto disso. Gosto disso.

— Mas não leve muita fé, não é uma opinião autorizada — sorriu Regina. — Melhor consultar um psiquiatra — e, numa mudança súbita de assunto, acrescentou olhando a parte de trás do avião: — Quando vão trazer alguma coisa para comer? Estou morrendo de fome e de sono.

Pela janela só se viam a noite fechada e o reflexo intermitente das luzes do avião cada vez que varriam a escuridão. Também havia escurecido na cabine. Carmelo tinha a tese de que as aeromoças apagam as luzes para avisar aos passageiros que é hora de fazer silêncio e parar de pedir coisas. Enquanto Regina dormia, Camacho ouviu Nicanor Jiménez tossindo. Sua luz de teto estava apagada.

— Nicanor? — tentou Carmelo.

— Estou aqui — respondeu o mexicano.

— Queria saber se meus dois vizinhos dormiam feito focas, mas vejo que pelo menos você conserva a dignidade. Não há nada mais patético do que uma pessoa dormindo.

— Eu durmo pouco — disse Jiménez. — Só quando fico bêbado.

— Queria lhe dizer de novo que fui um pouco grosseiro, Nicanor. Sinto muito. Não costumo agir assim, deve ser o cansaço.

— Não se preocupe, senhor Camacho. Pelo contrário, quem sente sou eu. Quando finalmente Regina chama o senhor para viajar ao lado dela, este bestalhão aqui se senta ao seu lado. Às vezes demoro a entender minhas mancadas.

— Puxa, vejo que você observa as coisas muito mais do que pensei.

— É que gosto muito de vocês dois, senhor Camacho. Regina foi muito gentil comigo: lembra que traduzi uma canção a pedido dela? Lamento que não fiquem juntos o tempo todo.

— Assim é a vida, como dizem por aí — Carmelo tentava encerrar o assunto. Não gostava da vigilância de Jiménez, nem mesmo sendo a favor.

— Na vida tudo se deteriora, como diz a Lei do Capitão Murphy. Tudo vai para o raio que o parta.

— Espere, Nicanor — disse com curiosidade Carmelo. — Ainda há pouco você também falou desse capitão e dessa lei. O que é isso?

— Meu capitão Murphy disse uma vez que "se alguma coisa pode dar errado, então dará", e tinha razão. Nós, os amigos dele, nos encarregamos de repetir em muitos lugares.

— "Se alguma coisa pode dar errado, então dará" — repetiu Carmelo. — Muito bom, muito bom.

— É uma lei que se demonstra todos os dias — acrescentou Jiménez. — Você pensa que chegou à viagem perfeita com a mulher que lhe interessa, e vem o chato do outro lado querendo que traduza para ele uns folhetos que estão em português.

Embora Jiménez continuasse insistindo estabanadamente em sua história com Regina, Carmelo sorriu.

— E quem era esse tal Capitão Murphy?

— Era o meu superior na Base Aérea Edwards, na Califórnia, quando eu servia em 1949. Fiz o serviço militar nos Estados Unidos, sabe?, e o capitão Murphy era meu superior. Eu era um dos motoristas da base. Uma vez ficamos vários dias testando um motor que não funcionava e, depois de ter investido milhares de dólares para trocar as peças mais delicadas, um dos ajudantes descobriu que a culpa de tudo era de um parafuso pequeno que fora colocado ao contrário. Incrível, não é? Um simples parafuso que devia custar meio *penny*. Consertado o parafuso, tudo ficou direito.

— Foi aí que o capitão Murphy disse o que disse?

— Exato: se alguma coisa pode dar errado, então dará. Foi assim mesmo.

— E chamou isso de Lei do Capitão Murphy?

— Não, não: quem deu esse nome foi o coronel Stapp, ajudante dele. Depois a frase veio a público numa revista de aviação. Mas, olhe, não me pergunte de que maneira o jornalista soube disso. O próprio coronel se perguntava como a informação pode ter vazado. É que vocês jornalistas são muito espertos, *hombre*.

Carmelo ficou mais surpreso com a última frase de Nicanor Jiménez do que o próprio coronel Stapp com o problema do parafuso.

— Jiménez, posso lhe perguntar uma coisa? — disse após uma pausa.

— O que quiser, senhor Camacho.

— Por que se referiu aos jornalistas como vocês, como se você fosse alheio a este circo.

Jiménez ficou calado por alguns instantes.

— Veja só o que me acontece por ser tagarela — disse com um sorriso: — Se alguma coisa pode dar errado, então dará.

Camacho esperava algo mais conclusivo, e resolveu ir em frente.

— Confesso, Nicanor, que há coisas que não consigo entender. Você fica perguntando aos colegas qual é a parte mais importante de um documento ou de uma conferência; anota dados tirados de folhetos, como esses que tem aí; e creio que uma vez o ouvi confessar que escrever não é o seu forte. De fato, não se ofenda, mas tenho que lhe dizer que a ortografia e a gramática da sua tradução de "Apesar de você" não eram, digamos, muito católicas.

Passaram-se outros segundos.

— Ai, senhor Camacho — disse por fim Nicanor. — É uma longa história.

— Então, pode encurtar porque vamos pousar logo, e não quero descer deste avião sem saber essa história.

— Posso contar com sua discrição?

— Pode.

— Palavra?

— Palavra.

— Na realidade não sou jornalista, senhor Camacho. O que faço nesta viagem é recolher todo o material que puder e depois haverá um redator para escrever. Sou subchefe de transportes do jornal. Esta é a mais pura verdade.

— E quem o escolheu para vir ao Brasil, Jiménez?

— *Don* Reinaldo Guerrero, o chefe de redação. Sou o encarregado do transporte dele e da família, e ele me estima muito. Para esclarecer: não sou eu quem dirige os veículos a serviço do jornal, sou o encarregado de que eles estejam sempre prontos, e também de escolher o pessoal. Porque, modéstia à parte, senhor Camacho, tenho uma longa trajetória como motorista. Quando saí de Edwards, voltei para o México e durante vários anos percorri o país dirigindo caminhões. Já ouviu o corrido de *El caballo blanco*, de José Alfredo Jiménez?

— ..."Que num dia de domingo feliz disparasse..."?

— O senhor conhece, que bom! Pois meus amigos me chamavam de *Caballo Blanco*, porque diziam que eu tinha andado mais que o animal do corrido.

— E então *don* Reinaldo mandou você ao Brasil porque lhe tem muita estima, entendo.

— Bem, não foi só por isso. Eu tinha comentado com ele que meu sonho era fazer uma viagem ao Peru, porque meu avô era peruano. Foi para o México trabalhar nas minas de Taxco. Eu conheço todo o México e quase todos os Estados Unidos, porque até no Alasca já estive, mas nunca tinha rumado para o sul.

— Quer dizer que *don* Reinaldo, que lhe tem muita estima e sabia que queria fazer uma viagem ao sul porque tinha um avô peruano, inscreveu você como jornalista e o mandou para a Expo Brasil.

— Bem, não foi só por isso.

— Então?

Passaram-se vários segundos mais.

— Senhor Camacho — replicou Jiménez em tom quase doce: — É que estou morrendo. Estou morrendo de câncer e *don* Reinaldo não queria que eu deixasse este mísero mundo sem conhecer o Peru, que era o meu sonho.

Carmelo ficou mudo. Só cuspiu algumas palavras esperáveis, "sinto muito", "desculpe, não sei o que dizer", coisas assim.

— Não se preocupe — tranqüilizou-o Jiménez. — Já está bem digerido. Sou viúvo há doze anos, senhor Camacho, sei o que é viver a morte. Vou sentir pelos meus netos.

— Não haverá algum erro médico, Nicanor? Você parece muito bem.

— É o que eu gostaria, senhor Camacho. Para isso me serviu a estada na Base Edwards, veja só: confirmaram nos Estados Unidos o diagnóstico do médico do jornal. Tiraram radiografias, fizeram exames, até o pulmão me espetaram, e não custou um tostão.

Diante do silêncio espantado de Carmelo, Jiménez sorriu e lhe disse:

— Mas alegre-se, senhor Camacho, ainda me resta tempo suficiente para tomar várias caipirinhas. O médico diz que pelo menos uns cinco ou seis meses.

Carmelo tornou a tropeçar em lugares-comuns sobre o maravilhoso espírito de Jiménez, a cura pela energia e a esperança, que é a última coisa que se perde.

As luzes da cabine se acenderam e Regina começava a abrir os olhos.

— Só uma perguntinha mais, Nicanor, se quiser não me responda.

— Pode dizer, senhor Camacho.

— Por que você veio para o Brasil e não para o Peru?

— O chefe de redação se confundiu. Pensou que o convite era para o Peru, e na verdade era para o Brasil. Quando percebeu o erro, eu decidi que de qualquer modo aceitava a viagem: cancelar seria uma desilusão para os meus netos, que já tinham me dado uma lista com os presentes que queriam.

— Ou seja, que o Peru...

— Acho que não vou conhecer o Peru, senhor Camacho. Se alguma coisa pode dar errado...

Enquanto observava pela janela o precoce congestionamento noturno na avenida Boa Viagem, Carmelo teve a sensação de não estar no Brasil havia onze dias e, sim, onze semanas. Do lado de fora flutuava um ambiente úmido e quente. Lá embaixo, o sábado vespertino era uma mistura de mar e néon. Passara muito tempo desde que observara, por uma janela igual de um hotel parecido, as luzes de São Paulo. Minutos antes Finkelstein havia ligado dizendo que passaria pelo quarto dele "para ver a história do arcanjo". Carmelo sentia que, pela primeira vez, o que até então era um passeio de turistas ilustres ganhava algum interesse jornalístico. Tinha, no entanto, preocupações que ensombreciam a perspectiva favorável. Por um lado, a notícia que Nicanor Jiménez lhe dera no avião. Naquele mesmo momento — pensou Camacho — o mexicano deve estar no seu quarto recolhendo sabonetes e fósforos para os netos e pensando em quantos meses de vida ainda lhe restam. *El Caballo Blanco*, lembrou Carmelo, e sorriu. Por outro lado, a relação com Regina. Sabia que conseguira reatar alguns fios que haviam se cortado, mas ignorava quase todo o resto, até mesmo seus sentimentos — os dele —, sobre o que estava ocorrendo. É possível que estivesse apaixonado por Regina e que isto o apavorasse: tanto, que se recusava até mesmo a admitir. Se fosse apenas a idéia de transar com ela, não teria dificuldades em aceitá-la. Nessas viagens quase todos têm intenções parecidas, e alguns conseguem. Mas a coisa com Regina lhe parecia diferente. Gostava de rir com ela, conversar com ela, piscar para ela em certas ocasiões em que os dois reconheciam um estilo surrealista, falar sobre música, ouvir música juntos. Ao mesmo tempo, não sabia se Regina se chateava com o atlético e trivial Sérgio ou se eles passavam longas e saborosas horas a sós. Enquanto Finkelstein não chegava, Carmelo espalhou um pouco de água-de-colônia no pescoço, ligou a televisão, encontrou um noticiário e jogou-se na cama de cueca e camiseta. Pouco depois batiam na porta.

Ayumi soltou um risinho nervoso quando viu Carmelo de cueca. O colombiano não esperava que Finkelstein viesse em companhia dos dois japoneses. Apressou-se a pedir desculpas a Ayumi e enfiou a calça.

— Sabe algo do nosso arcanjo? — perguntou a Finkelstein em espanhol. Referia-se à entrevista com dom Hélder Câmara.

O argentino respondeu que ainda não haviam feito contato com ele, mas que ainda era um pouco cedo. Talvez depois do jantar.

— Isso é tudo o que queria me contar?

— É tudo. Você entende que se trata de um assunto cabeludo demais para falar pelo telefone, não é?

— Está bem. Já me visto e saímos.

O prefeito de Olinda e Recife foi o encarregado de dar boas-vindas aos visitantes. Falou nos padrões afáveis e burocráticos de costume. Agradeceu a Ramsés como representante da delegação e a seguir caiu uma chuva de frutos do mar na mesa dos convidados. Liquidadas as lagostas, um grupo que incluía Carmelo, os japoneses, Sérgio, algumas das guias, Regina e Nicanor Jiménez terminou indo ouvir música nordestina no Cavalo Dourado. Finkelstein preferiu voltar para o hotel e aguardar a mensagem angelical. Durante toda a noite Sérgio se manteve bem perto de Regina, embora ela tenha olhado várias vezes para Carmelo com um sorriso que soava explicativo, e o colombiano (ressentido, teve de admitir) procurou popularizar em Recife a fórmula de guaraná com vodca entre alguns de seus colegas. Pouco antes das três da manhã o senhor Camacho se viu tomando muitos coquetéis homônimos e ensinando os japoneses a cantar "Se va el caimán". Depois perdeu a noção da história contemporânea em geral e da história daquela noite em particular.

Quando Carmelo acordou eram quase duas da tarde. Estava sem roupa, sentia uma dor de cabeça insuportável e ouviu que alguém respirava ao seu lado sob os lençóis. Tentou sem sucesso lembrar o que tinha acontecido na véspera. Olhou ao seu redor: na penumbra, quebrada por alguns raios de sol que as persianas filtravam, não reconheceu o quarto. Em vez de varanda tinha uma janela comprida; havia um armário onde no seu quarto estava o banheiro e o cheiro do aposento era essencialmente diferente. Nem rastros daquela água-de-colônia que impregnava todos os seus cantos. Não era o quarto dele. Enquanto matutava, o telefone tocou. Do embrulho de lençóis surgiu primeiro uma mão, depois um braço ossudo e afinal a cabeça e o tronco magro de Ayumi. Estava pelada e semi-adormecida. Falou algumas palavras em japonês, desligou, foi ao banheiro e tornou a se meter sob os lençóis. Parecia claro que não tinha notado a presença de outra pessoa na mesma cama. Carmelo não se lembrava de nada, mas suspeitava o que havia acontecido sob o efeito copioso do coquetel Senhor Camacho. Desceu da cama no maior silêncio e começou a buscar no chão, tateando, sua cueca, roupa e sapatos. Demorou alguns minutos para se vestir, sem saber se estava com a calça pelo avesso e a camisa desabotoada; desistiu de recuperar as meias e, após verificar que a chave estava no seu bolso, avançou silenciosamente para a saída.

Instantes antes de partir uma voz que emergia da escuridão e dos lençóis o deteve:

— Saionara — disse fracamente Ayumi.

No seu quarto se enfileiravam vários recados desesperados que Finkelstein introduzira debaixo da porta. O encontro com o arcanjo era às 5 da tarde num bar de Olinda localizado em frente do restaurante L'Atelier, na rua Bernardo Vieira de Melo. Finkelstein lhe PEDIA ENCARECIDAMENTE que telefonasse o MAIS CEDO POSSÍVEL. Também havia um papelzinho de Regina dizendo que ia com um pequeno grupo para a praia de São José da Coroa Grande. Partiriam ao meio-dia. A mensagem acrescentava algo muito significativo: "Se você não puder vir, Sérgio vai ficar trabalhando no hotel e às quatro e meia guiará um *tour* local de igrejas". A informação era clara: Sérgio não iria ao passeio na praia. Carmelo também não, é claro; mas captara uma mudança importante em Regina.

Como tinha imaginado, não demorou a receber uma nova ligação do argentino.

— Onde você se enfiou? — perguntou angustiado Finkelstein.

— Na minha caminha, feito o Topo Gigio — mentiu Carmelo. — Acho que abusei do guaraná e dormi como um animal até há pouco.

— Como um animal surdo — assegurou Finkesltein —, porque liguei para você várias vezes e quase derrubo a porta a pancadas.

— Acho que não me acordaria hoje nem com um canhão.

Marcaram um encontro às quatro, no bar do hotel, para ir à entrevista. A essa hora não deveria haver ninguém desagradável — digamos Ramsés Guimarães — pelos arredores.

A cidade de Olinda era uma vizinha siamesa de Recife, mas parecia situada em outro continente e em outro século. As pontes, rios e pântanos que se estendem ao norte, onde se ergue Olinda, pareciam marcar uma mudança total, não só de geografia, mas de época, em relação aos edifícios modernos e as avenidas costeiras de Recife. A criatura que foi buscar Finkelstein e Camacho num Volkswagen branco na rua Bernardo Vieira de Melo era mesmo quase um arcanjo: um padre baixinho e jovem que não conseguia disfarçar seu caráter sacerdotal nem com a roupa esporte que usava. Era limpa demais para ser de um laico. As meias cinza combinavam com a camisa, o vinco da calça azul parecia traçado com um tira-linhas (sentia-se o metal de um experiente ferro de passar e uma mão monástica sobre o ferro), e a cor preta dos sapatos terminava de configurar a delação. Falava espanhol bastante bem, embora com sotaque, e pediu que o chamassem de Juan.

— João? — perguntou Finkelstein. Queria demonstrar seus progressos na língua anfitriã.

— Não — sorriu o padreco, que brincava timidamente de agente celestial secreto: — Simplesmente Juan.

Juan deu várias voltas por ruas desertas, úmidas e velhas, com paredes esverdeadas por liquens e limos. Explicou pouco, mas sorriu sempre. Os dois jornalistas não sabiam se ele tentava inventar um labirinto para despistar um possível inimigo ou se era um passeio turístico de cortesia. No primeiro caso, teria sido inútil pela lentidão do deslocamento e a ausência de viradas bruscas ou rumos inesperados. No segundo, nem sequer sabiam se ainda estavam em Olinda ou tinham voltado a Recife, porque às vezes atravessavam bairros com novas construções e passavam por edifícios de seis ou sete andares. Os dois jornalistas, que estavam conscientes do espírito confidencial da missão, preferiram se comportar à altura do mistério. Não fizeram perguntas, não formularam comentários, não perguntaram quanto tempo faltava para chegar nem para onde se dirigiam.

Depois de um tempo, o Volkswagen branco parou diante de um casarão que algum dia deve ter sido uma mansão importante, mas agora não passava de um espectro decadente e deteriorado. Era fácil perceber isso à primeira vista, porque a fachada descascada e algumas fendas no edifício o demonstravam. Duas ou três grandes árvores acentuavam o caráter tristonho da casa; talvez fossem as culpadas pelo mofo verde que cobria boa parte das paredes.

Juan levou-os pela porta dos fundos, subiu com eles uma escada e bateu numa porta pequena do segundo andar. Após uma breve espera, uma freira abriu. O guia se despediu com um gesto tímido e disse em português à freira que ficaria esperando embaixo. Carmelo e Finkelstein se entreolharam. Não precisavam falar para saber que aquilo era um convento, uma residência eclesiástica ou o Palácio Episcopal.

Seguiram a freira, que caminhava com determinação por um corredor comprido, e atravessaram duas salas: uma, vazia, cujas paredes exibiam um evidente mau estado, e outra com livros, pastas e caixas de papelão. Em frente à terceira porta a freira refreou seu ímpeto de governanta e bateu com suavidade. Uma voz convidou a entrar. No salão, mais amplo e acolhedor, dom Hélder Câmara os esperava em pé, vestido com uma batina branca. Na sala havia poucos móveis: uma escrivaninha coberta de papéis, três ou quatro cadeiras, um sofá de vime, algumas mesinhas. Na do centro descansavam uma jarra de água e alguns copos. Numa mesa lateral havia um telefone preto e pesado, dos anos 1950. Um relógio de parede marcava cinco e quarenta. Pendurada à esquerda do relógio, a reprodução de um quadro da Adoração dos Reis Magos, que Carmelo pensava ter visto no Museu do Prado, mas cujo autor não conseguia lembrar.

Dom Hélder, mais baixinho do que imaginara, adiantou-se para recebê-los com os braços abertos. Carmelo ficou impressionado com as olheiras do bispo. Eram umas olheiras tipicamente brasileiras, que não obedeciam à falta de sono, ao choro nem a nenhum sofrimento contumaz, mas que formavam parte da paisagem humana do país, de sua saborosa mistura racial, como as sardas e as bochechas vermelhas na Escócia ou as sobrancelhas obstinadamente juntas dos turcos. Algo parecido acontecia com certos olhos femininos brasileiros, cujas pálpebras pareciam viver no meio do caminho entre em cima e embaixo, sonolentos, lânguidos, preguiçosamente sensuais.

Dom Hélder os fez sentar, ofereceu café e, quando chegaram a garrafa térmica e as xícaras, fez um sinal à freira de que saísse e fechasse a porta.

— Quem é o colombiano? — perguntou com amável curiosidade.

— Eu, dom Hélder — informou Carmelo.

— País adorável — disse o bispo em espanhol. — Estive lá durante o Congresso Eucarístico... que ano foi?

— Sessenta e oito, dom Hélder — informou Carmelo.

— Isso. Sessenta e oito. Gostei das pessoas, da montanha verde, da comida: como se chama aquela sopa de batata? Não é *ajiaco*?

Camacho agradeceu com uma inclinação de cabeça e confirmou o nome do prato, que de imediato lhe trouxe à memória os almoços dominicais na casa da avó.

— A Argentina é muito diferente — disse depois. — Vou lá de vez em quando, e também gosto muito. Mas é uma coisa bem diferente, claro.

Dom Hélder serviu outra xícara de café e, sem levantar os olhos da operação, começou a entrar no assunto. "Creio que vocês vieram como convidados do governo junto com outros jornalistas internacionais, não é mesmo?" Carmelo e Finkelstein confirmaram.

— Amigos — disse, sem parar de sorrir —, tenho missa às sete; temos uma hora inteira para conversar. Se quiserem, podemos começar.

Dom Hélder começou criticando duramente o "modelo brasileiro" de desenvolvimento e o aumento da injustiça social que este provocava. Camacho perguntou depois pela repressão oficial e o bispo contou-lhes que sabia de vários "casos terríveis".

Era a vez de Finkelstein, e fez uma pergunta biográfica sobre as origens da vocação de dom Hélder, que interessava pouco a Camacho e desviou por completo o assunto. O bispo falava de si mesmo com evidente desconforto. Carmelo fingia tomar notas, mas sua cabeça voara velozmente para o quarto de Ayumi, e repassava pela enésima vez o filme desse acordar de domingo: Ayumi sob os lençóis, Ayumi caminhando nua, muito pálida e esquelética; a busca da sua roupa engatinhando às apalpadelas, o saionara de Ayumi, sua entrada no elevador sem meias e de sapatos na mão, seu espectro no espelho do elevador com a camisa mal abotoada e o cabelo embaraçado, a chegada ao seu quarto como quem volta para casa e o papelzinho que lhe anuncia o encontro iminente com o bispo de Olinda e Recife. Uma comédia. Carmelo sorriu para si mesmo. Anos antes entendera que há aqueles que vivem se equilibrando nos fios da tragédia e outros que o fazem nos da comédia. Estava confirmando outra vez que ele era um fenomenal equilibrista da vida cômica. Não morreria baleado por um marido ciumento, digamos, mas sim vítima de um escorregão no chuveiro enquanto ensaboava a mais feia do grupo.

— Mais alguma pergunta nesse sentido? — Finkelstein se dirigia a Carmelo com ar de cortesia.

Camacho só conseguiu lembrar, como um relâmpago, que o argentino abrira a porta dos assuntos pessoais.

— Tenho — respondeu Camacho, sem saber se sua pergunta já fora respondida de alguma maneira por dom Hélder durante sua momentânea ausência mental. — Gostaria de saber se está preocupado com a cortina de silêncio que se estendeu ao redor do senhor no Brasil.

— Já disse que não é fácil falar de si mesmo, nem gosto de fazê-lo — disse o bispo. — Sou um morto civil. Não existo. Um jornal pode me criticar mentirosamente e eu não posso me defender. Quando converso com jornalistas, como vocês, sei que...

Nesse instante o telefone do salão tocou e interrompeu a resposta do bispo.

— *Alô*? — ou algo parecido perguntou o monsenhor. E, passados alguns segundos, novamente: — *Alô*?

Dom Hélder desligou.

— Acontece às vezes — disse como explicação. — Ligam e ninguém fala. Em outras ocasiões é pior, porque falam. Onde estávamos?

Camacho considerou o momento oportuno para sair do pântano biográfico e perguntar pela Igreja e os poderosos. Alguns minutos depois, a resposta do bispo foi interrompida pela freira, que entrou com biscoitos e nova garrafa de café. Monsenhor agradeceu e depois soube interpretar um gesto dissimulado da freira.

— Não se preocupe, irmã Teresinha — disse o bispo. Às sete em ponto vou estar na capela.

Depois, quando a freira saiu, monsenhor sorriu e disse com cumplicidade.

— A missa de um bispo é, para as freirinhas, como a final da Taça da Independência para um torcedor.

Os visitantes estavam inquietos: não queriam deixar as freirinhas nervosas, de modo que fecharam os caderninhos, guardaram as canetas e deram a entender que a entrevista havia terminado.

— O pior, já disse muitas vezes — dom Hélder se levantara, mas continuava falando —, não é o comunismo e sim a diferença entre ricos e pobres.

Os jornalistas agradeceram ao bispo, e este disse mais palavras afetuosas sobre a Colômbia e a Argentina. Começava a acompanhá-los até a porta do salão quando o telefone tocou de novo

— Alô? — tornou a perguntar dom Hélder.

Dessa vez o interlocutor deve ter falado, porque o bispo prestou atenção ao que lhe diziam do outro lado da linha.

— Uma bomba? — perguntou de repente dom Hélder em português. — Que alegria, meu filho! Como lhe agradeço! Não imagina como fico feliz por saber que dentro de uma hora estarei por fim com Deus! Obrigado, meu filho!

O outro tinha desligado e dom Hélder pôs o fone no gancho.

— Uma ameaça de bomba — disse, sorrindo, aos dois jornalistas, que tinham ficado paralisados. — Toda semana há duas ou três, e sempre digo a mesma coisa: que vou ficar feliz por me reunir com Deus em pouco tempo.

— Sempre ameaçam com bombas, Eminência? — perguntou Finkelstein.

— Não. Há pouco tempo ligaram perguntando se eu preferia morrer com um tiro na cabeça ou degolado. Respondi que preferia esquartejado, e acho que afinal a pessoa ficou confusa, porque não disse mais nada.

— E se for verdade? Quer dizer, se um dia não vier uma ameaça, mas sim uma bomba ou um tiro? — perguntou Camacho.

Dom Hélder olhou-o do alto de seu metro e cinqüenta e cinco:

— Você imagina a felicidade de visitar Deus? É o sonho da minha vida!

Delator

Carmelo soube que algo estava acontecendo quando recebeu uma ligação de Regina antes da sete da manhã. Passara uma noite inquieta flutuando em longos períodos de sono agitado salpicados de obsessões e imagens recorrentes: revia detalhes minuciosos da entrevista com dom Hélder, como aquele quadro da Adoração dos Reis Magos cujo autor não conseguia identificar, e a seguir via a irmã Teresinha com o café e Ayumi sob os lençóis.

— O que foi? — perguntou o adormecido Carmelo quando reconheceu a voz de Regina no telefone que acabava de tocar.

— Dormi mal a noite toda. Ramsés me contou ontem à noite uma coisa em que não posso acreditar — explicou ela com firmeza. — Por isso liguei.

— Querida, tome um sonífero da próxima vez e me deixe dormir — respondeu Carmelo num tom pouco gentil que ele mesmo não conseguia entender.

— Para conseguir dormir de novo preciso lhe contar o que Ramsés me disse.

— O que você estava fazendo ontem à noite com um sujeito como Ramsés?

— Isso não interessa. Fui com ele e um grupo tomar uns drinques num piano-bar.

— A doce vida de Recife, não é mesmo? Bem, se você mergulha nela, depois não venha me pedir conselhos para dormir.

— Carmelo — interrompeu Regina com decisão: — É verdade que você denunciou Finkelstein para Ramsés? Que Ramsés e você tramaram um plano para impedir que Finkelstein fosse ao Palácio das Convenções em São Paulo, porque você tinha medo que ele fosse cometer alguma impertinência com o presidente Garrastazu Médici?

As palavras de Regina o acordaram mais que um balde de água fria.

— Ainda está aí? — perguntou Regina após um silêncio de vários segundos.

— Não foi exatamente assim — murmurou Camacho. — O que foi que o filho-da-puta do Ramsés falou?

— O que estou contando. Acho isso horroroso, Carmelo. Nunca imaginaria que você fosse capaz de trair um colega.

Carmelo recuperou a serenidade e guardou seus maus modos iniciais. Suspeitava que Ramsés tinha alguma intenção ao contar a Regina uma versão adaptada daquele episódio duvidoso. Algo estava acontecendo, mas não sabia bem o que era.

— Está acontecendo uma coisa esquisita — disse para Regina. — De qualquer maneira, não foi como Ramsés contou. Podemos tomar o café juntos o mais cedo possível?

Regina parecia mais tranqüila.

— Meia hora? — perguntou.

— Vinte minutos — sentenciou Carmelo.

Vinte minutos depois se encontraram no restaurante. Eram sete da manhã de segunda-feira e na mesa florescia um paraíso de frutas e pães; o salão estava quase vazio, mas Carmelo preferiu que fossem tomar o café-da-manhã em outro bar onde uns poucos fregueses se preparavam para enfrentar uma nova semana de trabalho. Pediram dois cafezinhos e dois *croissants*.

Regina explicou que na véspera, no piano-bar, Ramsés a levara expressamente a um canto para lhe avisar que tomasse cuidado com Camacho; disse que Finkelstein era um personagem esquisito, mas que Camacho fazia um jogo duplo muito complicado. Por um lado bancava o rebelde e cético, mas por outro era capaz de denunciar um colega e impedi-lo de ir a um evento onde poderia fazer perguntas embaraçosas. E então contou que Camacho, preocupado com a possibilidade de Finkelstein deixar o Presidente em apuros, propôs a Ramsés que enganasse o argentino dizendo que o encontro fora adiado. Foi o que fizeram, segundo Ramsés, e o plano de Camacho funcionou: Finkelstein ficou esperando no hotel e não pôde disparar suas perguntas a Garrastazu Médici.

— *Qué hijoeputa*! — exclamou Camacho em espanhol.

— Isso eu entendo — sorriu Regina.

O colombiano explicou que não tinha sido bem assim. É verdade que naquela manhã ele se encontrara com Ramsés quando se dirigia para a loja do hotel; é verdade que se cumprimentaram e Ramsés lhe perguntou por que aquela cara de preocupação; é verdade que Camacho disse que não era preocupação: era pânico do ridículo. E é verdade que disse por quê.

— Todo o resto deve ter sido planejado por Ramsés sem eu saber, juro — afirmou Carmelo. — Confesso que senti um alívio quando Finkelstein não apareceu, mas pensei que tinha sido uma decisão dele, não resultado de uma tramóia.

Fico indignado que aquele filho-da-puta venha dizer agora que eu armei isso tudo.

— Carmelo — censurou Regina com suavidade —, convenhamos que não foi muito prudente você fazer semelhante comentário com Ramsés.

— Eu não o conhecia, não sabia que era um comissário político. Mas agora o que me preocupa não é que ele tenha ido contar a você uma versão adaptada da história, e sim os motivos que o levaram a contar. Ele disse alguma coisa sobre um encontro que Finkelstein e eu tivemos com alguém em Recife?

— Não.

— Alguma referência, ainda que mínima, a dom Hélder Câmara?

— Vocês viram dom Hélder? — perguntou Regina com admiração.

— Vimos. Entrevistamos. Isto é segredo, evidentemente. E, embora tenha sido uma operação muito discreta e cuidadosa, tenho a impressão de que Ramsés acabou sabendo. É a única explicação para ele tentar agora me prejudicar com a mentira que contou.

— Pode ser — disse ela. — Principalmente porque é uma mentira com uma base certa: ele soube por você que Finkelstein pretendia fazer perguntas embaraçosas na inauguração. Isto é um fato. E um erro seu. Então você tem que explicar que sim mas não, que não mas quase sim, e quando você tem que explicar é porque já está fodido, meu caro.

— Não nego, mas eu nunca quis evitar problemas para, digamos, Garrastazu Médici, que me parece um ditador infame e um falastrão de merda, mas sim para os jornalistas, que iam sofrer uma tortura parecida com a cena ridícula de

Finkelstein com Delfim Netto. Chamá-lo de Excelência e todas essas bobagens.

— Mas isso não era problema seu, era de Finkelstein, ou de Garrastazu Médici, ou da organização. Você não pode pretender controlar tudo, Camacho, você não é Deus.

— Bem, seja lá como for. Mas posso apostar uma coisa: Ramsés sabe que entrevistamos dom Hélder.

— Talvez. A questão é que o que ele me contou não me deixou dormir.

— Se você tivesse sabido como eu contei, que é a pura verdade, dormiria bem?

— Também não.

— Não brinca, Regina. Aceito: foi uma imprudência ter comentado aquilo com Ramsés. Mas quero que você saiba que não sou um delator.

Regina riu.

— Não, não dormiria, mas não é por isso. Tenho outros motivos para passar noites ruins e compridas.

— Já desconfiava que não era só a história de Finkelstein e Ramsés, que você estava precisando do irmão mais velho. Fale. O que houve?

— A história de Ramsés e Finkelstein também influiu, pode acreditar.

— Você está tirando o corpo fora. Fale.

Regina brincava com as migalhas do *croissant* em cima da mesa.

— Terminei com o Sérgio — disse de repente.

— Não diga.

— Digo. De vez.

— Quando?

— Ontem à noite.

— No piano-bar?

— Hã-hã.

— Que lugar movimentado! Comissários políticos e amores desfeitos.

— Não caçoe de mim. Foi depois da conversa com Ramsés.

— E posso saber por quê?

— Não sei se devo contar.

— Desconfia do seu irmão mais velho?

— Não, mas duvido que você considere suficientes as minhas razões.

— Vamos. Você quer falar, não torne as coisas mais difíceis.

Regina bebeu o resto de café frio que havia na xícara. Precisava temperar a notícia com um pouco de efeito.

— Sérgio transou com a Ayumi.

Carmelo engoliu saliva.

— Com a Ayumi?

— Sim, a japonesa. Ele mesmo me confessou.

— Ayumi! Mas ela não é propriamente uma Rita Hayworth. Não sei por quê, mas suspeito que deve ser como dormir com Mahatma Gandhi.

— Pois ele fez isso.

— Tem certeza de que não mentiu? — Carmelo tentou fazer uma análise. — Talvez para deixar você com ciúme, ou algo assim.

— Não. É verdade. Transou com ela. Para me provocar ciúmes, poderia ter escolhido outra.

— Mas... Ayumi não inspira más intenções. Pelo menos a mim, não desperta o menor desejo pecaminoso — mentiu descaradamente Carmelo.

— Outros não pensam assim. Embora não pareça, e a cama mais agitada desta viagem — Regina sorria agora. — Quer saber a lista?

Camacho engoliu saliva, e ela continuou:

— Além do Sérgio, prepare-se, o ex-correspondente no Rio.

— Assim que o truque do papelzinho funcionou! — disse aliviado Carmelo. — Não posso acreditar.

— E quem sabe faltam outros mais — acrescentou Regina, mas o colombiano foi incapaz de avaliar se dizia isso com segundas intenções. — Não sei se o japonês, por exemplo.

— Você está brincando. Não é o que fariam dois correspondentes japoneses, imagino.

— Você tem razão — aceitou Regina. — Todo mundo saberia. Na bolha tudo se sabe, companheiro.

— Incrível! — continuou exagerando Camacho com alguma apreensão. — É preciso estar muito carente.

— Quem sabe ela tem algum encanto oculto de oriental. Mas você não acha imperdoável que o cara que me jura amor eterno, o cara pelo qual acabei com meu namorado de vários anos, acabe transando poucas horas depois, num descuido meu, com outra mulher?

— E com a mais feia.

— Isso é o de menos, Carmelo. O fato é que ele não foi capaz de manter um mínimo de respeito. E desconfio que adorou me confessar. Se eu não paro a coisa, teria enriquecido a confissão com detalhes.

— Quer dizer, lugar e tempo?

— Lugar, tempo, número de vezes, posições, resultados...

— Ou seja, ele também acredita no sexo abrangente.

— É um doente, Carmelo. Juro que estava feliz me contando.

— Devo admitir que é uma situação incômoda.

— Incômoda, não: uma merda — Regina endureceu o tom. — Eu não entendo isso nem com sua teoria do Efeito Bolha. Ou dá para entender?

— Não — corroborou Carmelo. — Não cabe nem com bolha.

Enquanto arrumava as malas de novo, a cabeça de Camacho girava sem parar. Aconteceram coisas demais em pouco tempo. A entrevista com dom Hélder, a volta de Regina ao irmão mais velho, Ayumi ninfomaníaca, Sérgio Pinheiro e suas infidelidades confessas, Ramsés e suas tramas pavorosas...

León Finkelstein o tirou do moinho, batendo em sua porta de camisa de pijama e bermuda. Estava descalço, cansado e suado, e falava em voz baixa de maneira atropelada. Carmelo deu-lhe um copo d'água. Vinha lhe contar que, talvez por causa da entrevista com dom Hélder, a Resistência fizera contato com ele. Quem? A oposição clandestina. Alguém, um tal de Carlinhos. Ofereceu-se para organizar uma reunião no Rio de Janeiro com um pessoal que trabalha escondido. Se ele estiver interessado, deve ir a um bar onde um contato o conduzirá à entrevista. Dentro de vinte minutos vai ligar de novo para saber a resposta e dar as instruções do caso.

— Vamos nós dois — propôs Finkelstein.

O convite pegou Camacho desarmado.

— Primeiro me deixe contar uma coisa curiosa — respondeu o colombiano. — Ramsés sabe que estivemos com dom Hélder.

Por trás dos óculos de fundo de garrafa, Finkelstein piscou com seus dois enormes leques.

— Sabe mesmo?

— Acho que sim. Disse a alguém certas coisas que não posso repetir porque jurei ser discreto, mas essas coisas que ele disse me fazem pensar que está sabendo.

— Que coisas? Nós estamos juntos, Camacho.

— Já disse que prometi não revelar nada. Mas desconfio que Ramsés segue os nossos passos, de maneira que acho que você não deve aceitar a entrevista com os clandestinos.

Finkelstein ficou pensativo e nervoso com a notícia.

— Você não pode me dizer pelo menos por que acha que Ramsés está sabendo?

— Digamos que contou a alguém uma mentira sobre mim. Sei que estava me mandando um recado.

— Regina?

— Por favor, Finkelstein, isso é muito delicado. Você sabe que filho-da-puta é o Ramsés, não me pergunte mais nada.

— Está bem, desculpe.

O argentino pediu mais água.

— Camacho — prosseguiu —, e recusar a entrevista com os clandestinos é perder uma oportunidade única de ajudar esse pessoal. O problema é que não sei se vai haver tempo para vê-los: tenho um encontro na Fundação Getulio Vargas; vão me dar um material confiável sobre a situação econômica.

— O velho Getúlio criou uma fundação?

— Foi criada depois de sua morte. É um dos poucos lugares onde, pelo que dizem, posso conseguir informação econômica relativamente imparcial. Se quiser, pode vir comigo.

— Eu me declaro informado o bastante em matéria de economia brasileira. Você sabe que não é meu maior interesse. Prefiro que você me passe a informação que achar interessante.

— Perfeito. Ouça — o semblante de Finkelstein se alterou, ficou risonho —, tenho outras notícias mais interessantes: os resultados de ontem na Taça.

— Conte...

— Portugal um, União Soviética zero. Brasil um, Escócia zero.

— Não brinca! Quer dizer que a final será entre o império antigo e o novo império.

— "A final falará português", como dizia a manchete de hoje no jornal, ou coisa assim.

— Imagino que os nossos lugares no Maracanã estão confirmados.

— Espero que sim — disse Finkelstein como despedida.

Camacho fechou a porta antes que o argentino saísse.

— León — disse com toda a seriedade. — Não quero me meter em mais confusões. Para mim, o Rio deve ser um final de festa tranqüilo. Cachaça e futebol, como diz Chico Buarque.

— Venha à reunião com os clandestinos — insistiu mais uma vez o argentino. — É coisa de poucas horas. Depois nos dedicamos à cachaça, ao futebol e às garotas. Preciso levar você para conhecer Dafne.

— Não, eu não quero mesmo encrencas — desculpou-se Camacho. — E você deveria evitar também.

— Certo — aceitou Finkesltein. — Vou pensar nisso. Se aceitar, vou sozinho. Você fica de fora.

Se é segunda-feira, é Ipanema

No périplo até o Rio de Janeiro Carmelo foi informado de que Aguiar não continuaria no grupo. Regina lhe contou que, por instruções do Ministro da Indústria e Comércio, ele fora devolvido para Brasília de maneira abrupta num vôo da manhã. Mal teve tempo de me dizer que eu ficaria como representante do Ministério na excursão, explicou Regina: Mandou lembranças especiais ao militarista colombiano. Carmelo ficou estatelado. Vejo a mão de Ramsés atrás de tudo isso, disse. Eu também — disse Regina. O pior é que não acredito que a coisa termine por aí. Carmelo ficou mais preocupado: O que você quer dizer? Regina fez um gesto de incerteza: Imagino que vão tirá-lo do Ministério. Depende da acusação que lhe fizerem. Carmelo foi claro: Só podem acusá-lo de nos ter ajudado a entrar em contato com dom Hélder Câmara. Já é suficiente, disse Regina. Camacho pensou então que talvez Aguiar fosse o contato de Finkelstein com os clandestinos, e pensou que o velho se metera numa confusão complicada. Nicanor Jiménez estava se aproximando deles e o colombiano preferiu manter um silêncio prudente. Não estou vendo o senhor Aguiar, comentou Nicanor. Teve que voltar a Brasília por causa de problemas no trabalho, mentiu um pouco Regina lançando um olhar de *omertà* em direção a Carmelo.

Camacho já tinha vivido assim em outras viagens. Com o passar dos dias a bolha se dividia em subespécies do seu próprio gênero e, sem deixar de se comunicarem entre si, cada uma delas adquiria sua própria intensidade e dinâmica particular. Graças a isso, a viagem, que para alguns não passava de uma visita a outra geografia, transformava-se para outros numa experiência surpreendente da qual saíam como se houvessem passado pela situação de assumir durante algum tempo uma vida alheia, intensa, diferente e livre. O segredo ainda era entender que no final a bolha, plop, estourava e o que foi vivido ali passava a ser uma lembrança, um passado inalterável; a realidade voltava a se impor, e era um erro pretender ampliar a jurisdição da bolha para além de seus próprios limites. A bolha de Carmelo parecia ter várias entradas e saídas, e pertenciam a ela por algum tempo certos personagens que depois se desviavam para uma espécie de compartimento lateral. Era importante entender que eles também estavam vivendo sua própria experiência a bordo da bolha e exigiam essa consideração. Naturalmente, não era preciso explicar nada disso a Nicanor quando Carmelo lhe entregou uma sacolinha onde havia juntado objetos do banheiro do hotel em Recife. Para os netos, disse o colombiano. Tinha certeza de que, mais do que à diversão dos netos, estava prestando uma homenagem de carinho a esse homem grudento que lhe confessara certa tarde num avião que estava morrendo de câncer.

— Será verdade que ele está morrendo? — perguntou Finkelstein fazendo-se de cético quando Carmelo lhe contou o que houve com o mexicano. — Será que não queria comover você ou conseguir mais presentes de graça para os netos?

Estavam sentados numa varanda de Copacabana tomando suco de mamão e olhando as pessoas passarem. Não era uma tarde maravilhosa, dessas que os guias de turismo anunciam, e sim cinzenta e úmida. Sufocante. O céu azul das típicas fotografias cariocas fora repintado com nuvens de barriga preta que pareciam ter saído do pincel de Alejandro Obregón, o pintor colombiano que uma vez não resistiu à tentação de acrescentar três nuvens mal-encaradas num pequeno quadro anônimo, *naïf* e risonho que Carmelo tinha no seu apartamento em Bogotá. Talvez chovesse de noite. A expedição desembarcara num hotel não muito grande e luxuosíssimo na praia do Leme, no extremo oposto ao Posto 6, que é onde Copacabana termina. O Leme era um lugar menos freqüentado e tumultuado que a avenida Atlântica na altura do hotel Copacabana Palace, onde Finkelstein e Carmelo bebiam agora seu suco.

— Não creio — disse o colombiano. — Não sei dizer por quê, mas acho que deve ser verdade que ele está morrendo. Ninguém inventa um câncer avançado para ganhar a simpatia de um vizinho de avião ou arranjar frasquinhos de xampu para os netos.

O argentino, que observava a passagem das garotas com um sorriso levemente devasso nos lábios, ergueu a vista por cima dos óculos e fixou-a em Carmelo.

— Talvez *tenha* razão — disse.

Estavam olhando havia um bom tempo as garotas passarem quando, levados pelo acaso das praias e a vaga promessa de que estariam por Copacabana, chegaram os dois japoneses e Nicanor Jiménez.

— Chefe — o mexicano saudou Camacho: — Seja o nosso líder. Nós não falamos português.

— Tudo bem — aceitou Carmelo. — Então vamos, porque não podemos ver a tarde terminar sem ter pisado nas areias de Ipanema.

Regina havia aconselhado Camacho a ir caminhando pela avenida Atlântica até o final de Copacabana e virar depois à direita pela rua Francisco Sá. Regina era carioca; tinha nascido no Rio e ali passou a infância, mas depois foi com a família para Brasília em busca de cargos burocráticos quando a nova capital foi inaugurada em 1960. No final da rua Francisco Sá, preveniu Regina, seus olhos vão ver uma das praias mais bonitas do mundo. E as melhores bundas. Conhecem a "Garota de Ipanema" na Colômbia? Carmelo cantarolou *olha que coisa mais linda* etc., e pediu que ela não faltasse ao respeito com o seu país. Somos pobres, mas não ignorantes, está pensando o quê? Ela pediu desculpas mas insistiu, você não pode perder: a realidade supera a bossa nova, juro. Regina tinha que ir a uma reunião de coordenação do trabalho com a equipe do governo, e mais tarde tentaria entrar em contato com Aguiar. Todos se encontrariam para jantar no Marius.

Era segunda-feira à tarde em Ipanema e, apesar das nuvens cinzentas que maculavam o céu, centenas de pessoas fugiam do calor deitadas na areia. Outras jogavam vôlei ou futebol. Um enxame de vendedores oferecia água de coco, refrigerantes, cremes para o corpo, frutas, óculos escuros. Nicanor perguntou onde podia comprar camisas número 10 da Seleção Brasileira para seus netos e lhe deram uma explicação que não entendeu direito. Carmelo teve que ir em seu auxílio. Andando para o lugar onde se vendia roupa esportiva, passaram em frente a uma loja de discos e Carmelo ouviu que estavam tocando o último de Chico Buarque. Camacho conhecera aquela música chamada "Construção", que imitava um quebra-cabeça, na fita em que Regina lhe gravara "Apesar de você". É a história de um pedreiro que trabalha no ponto mais alto de um prédio em construção. A ordem dos versos sofria repetidas mutações, e em cada uma delas adquiriam um sentido mais profundo e mais crítico, reforçado pelo *miserere* das palavras proparoxítonas. "Não compre esse disco", disse um dia Regina, "porque eu vou dar para você de presente: tem várias maravilhas". Mas talvez tenha se esquecido da promessa, porque, com os altos e baixos da relação, nunca voltou a mencionar o assunto. Carmelo resolveu entrar na loja e pedi-lo, temendo acabar sem o presente e sem a compra.

Dizia assim a última estrofe da canção, que o colombiano traduziu para o inglês em plena Ipanema, depois de explicar com entusiasmo aos seus amigos de que e de quem estava falando:

Amou daquela vez como se fosse máquina
Beijou sua mulher como se fosse lógico
Ergueu no patamar quatro paredes flácidas
Sentou pra descansar como se fosse um pássaro
E flutuou no ar como se fosse um príncipe
E se acabou no chão feito um pacote bêbado
Morreu na contramão atrapalhando o sábado.

— Quer dizer, ele caiu e morreu esmagado — meio que perguntou e meio que afirmou Nicanor Jiménez, para esclarecer de uma vez por todas o sentido da poesia.

— Isso — ratificou Carmelo: — Tentou se sentar para descansar e não encontrou apoio. Acabou caindo no meio dos ônibus.

— Que horrível! — disse, espantada, Ayumi, e levou a mão à boca.

Afinal, todos compraram o último disco de Chico Buarque. Na capa via-se um sujeito de cabelo encaracolado, bigode siciliano e mãos na cintura que, vestindo uma camisa barroco-tropical, olhava para o fotógrafo com curiosidade e um pouco de temor. Carmelo tomou embalo e passou o resto do passeio discursando para seus companheiros sobre os cantores brasileiros, o movimento contra a repressão e a censura oficial às letras das canções, e inevitavelmente terminou contando a história da letra proibida de "Apesar de você".

Depois fizeram a visita obrigatória ao Veloso, um dos dezessete bares que afirmavam ter sido o lugar onde Vinicius de Moraes e Tom Jobim escreveram "Garota de Ipanema".

— Este bar — informou Camacho erradamente — chamava-se antes Cirrose.

Ayumi estava empunhando o caderninho e fazia anotações para seu jornal.

Sérgio Pinheiro aproximou-se dele quando entrou no restaurante. Antes de trazer a comida, o restaurante Marius afogava os Jornalistas Internacionais em quantidades navegáveis de caipirinha, caipiroska, Senhor Camacho, uísque, rum e vinho. O Rio de Janeiro queria marcar diferença com os outros pontos da viagem, e não lhe bastava defender a qualidade, mas pretendia vexá-los com a quantidade. Sérgio queria saber quem iria à final da Taça Independência e fez uma pequena pesquisa. Finkelstein estava ao seu lado e foi o primeiro a levantar a mão. Mas não deixou de perguntar se no Maracanã era permitido torcer por Portugal.

— Não liga para ele — disse Carmelo a Sérgio. — É a eterna rivalidade dos argentinos, que nunca foram campeões do mundo, com seus vizinhos, que deram uma lição de futebol chamada México 70.

— Já imaginava — disse Sérgio. — Não há problema, Finkelstein, você pode perfeitamente torcer por Portugal.

— Afinal, estamos num país livre — interveio Ramsés com um sorriso, incorporando-se ao grupo.

Antes de se aproximar de Regina, enquanto prosseguia o esmagador coquetel prévio ao rodízio, Carmelo disfarçou seu trajeto trocando algumas palavras aqui com uns e ali com outros. Sentia uma euforia que ele próprio não podia explicar com clareza. Excesso de Senhor Camacho? Pressentimento? Pressentimento de quê? Quando mencionou ao alemão antipático a capa de Woody Allen na *Time*, descobriu que o outro tinha uma resposta bem preparada. Allen não era humorista, disse, era filósofo. Se fosse um humorista, com certeza não sairia na capa da *Time*.

Pouco depois chegou aonde estava Regina, acompanhada pela solidão de Nicanor Jiménez. A jovem se iluminou quando viu Camacho, que a cumprimentou com um beijo na bochecha e assobiando "Garota de Ipanema". Maravilhoso — disse Camacho: Ver Ipanema e depois morrer... de vontade. Regina o recebeu anunciando boas e más notícias sobre Chico Buarque. As boas: que acabava de terminar um filme com dezoito canções suas intitulado *Quando o carnaval chegar*. As más: que só ia estrear no dia 15 de julho, duas semanas depois do final da viagem da Export 72. Mas deve sair um disco e, se me der seu endereço, eu mando para você, prometeu Regina. Camacho se dispôs a fornecer todos os seus telefones e endereços antes que a viagem terminasse. Regina contou que falara pelo telefone com Aguiar. Neste momento está voando para Porto Alegre, onde a filha mora, disse. Nicanor quis saber se viajava de licença ou de férias. Regina fez cara de preocupação. Desconfio que Aguiar não vá voltar mais para o Ministério, contou-lhes. Camacho perguntou por que dizia isso. Juram manter discrição absoluta?, disse Regina como resposta e, depois dos votos de silêncio dos dois interlocutores, acrescentou: Recebi um telefonema do subdiretor administrativo do Ministério da Indústria e Comércio, que é o chefe de Aguiar, e disse que o Aguiar estava velho, que só fazia bobagens e que era hora de se aposentar. E então me ofereceu seu cargo. Nicanor parabenizou-a efusivamente, mas Carmelo entendeu que para Regina era uma promoção envenenada, que a estavam testando. Você pretende aceitar?, perguntou o colombiano. Não sei, disse ela: Por enquanto o que me preocupa é terminar esta viagem da melhor forma possível. Carmelo não soube se essas palavras tinham uma segunda intenção. Finkelstein aterrissou minutos mais tarde no grupo e, sentindo-se seguro entre eles, disse em voz baixa que a reunião na Fundação Getulio Vargas tinha sido ótima. A posição dos cientistas políticos é muito clara — expôs. A partir do Ato Institucional número 5 de 1968, que fecha o Congresso, estabelece a censura e proíbe os partidos políticos, isto é uma ditadura com todos os pêlos, não importa o nome que se queira lhe dar. Carmelo conteve o ímpeto oposicionista que havia surgido no argentino. Você acha que este é o lugar mais adequado para uma conversa acadêmica como a que você propõe?, perguntou, contrariado. Acadêmica? Estou falando da pura realidade, meu velho — acrescentou Finkelstein, indignado. Sabe a quanto vai chegar a dívida externa no ano que vem? Mais de doze bilhões de dólares. Sabe quantos trabalhadores recebem menos de um salário mínimo? Mais da metade. Sabe a quantos salários mínimos de 1965 equivale o atual? Finkelstein, por favor... — repreendeu Carmelo: Não é o lugar adequado, entende. O colombiano continuava contrariado pelo rumo sério que a conversa tomava, e Nicanor e Regina sentiam-se contrariados pelo fato de Carmelo se mostrar contrariado. Três salários mínimos!, arrematou Finkelstein, disposto a mudar de assunto mas também a dar-lhe um final digno.

Mais tarde, para afastar o fantasma de sua atitude com Finkelstein, Carmelo chamou-o a um canto. Não digo que não seja importante o que contaram a você na Fundação Getulio Vargas, entende — disse. O que acho é que aqui não é o ambiente certo, estamos em clima de diversão, de risos, dá para notar? Finkelstein já estava mais tranqüilo. Tudo bem, tudo bem — aceitou. Em clima de risos, e até de conquista, admita. Vejo você bastante simpático com a Regina. Carmelo sorriu tolerante e o argentino continuou, mudando de tom: A coisa está feia, Carmelo, esta é uma ditadura filha da mãe. Ouça — disse Carmelo. Amanhã temos um passeio pela cidade e um almoço com o Secretário de Turismo do Rio: haverá tempo de sobra para você me contar seus dramas político-econômicos. Não estrague o ambiente agora, pelo amor de Deus. Finkelstein sorriu: Está bem, não precisa repetir. Quem sabe amanhã tenho uma surpresa para você, mas não político-econômica, das outras. Quem sabe levo você para conhecer Dafne. Não me diga, disse Carmelo entusiasmado.

No dia seguinte, durante a tradicional visita ao Corcovado, ao morro do Pão de Açúcar e ao Jardim Botânico, Finkelstein contou a Carmelo. Marcara um encontro amanhã, que era o dia livre, com dois personagens da clandestinidade. Não me diga como fez contato com eles — advertiu Camacho. Você sabe o que eu penso sobre isso. O argentino insistiu: É importante, Carmelo. Vão me dar informação sobre torturas e coisas assim. Adivinhe quantas agências de espionagem e inteligência o governo tem. O colombiano não quis adivinhar. Mais de doze, disse Finkelstein. Carmelo balançou a cabeça e suspirou longamente. Eu já falei: tenhamos um final de festa tranqüilo por favor, repetiu. Vamos ter — respondeu Finkelstein. Só vou passar duas horas com esses rapazes. Eu também quero me dedicar à cachaça, às garotas e ao futebol. Sério: daqui a pouco, no restaurante, tomamos a cachaça; de tarde levo você para conhecer minha namorada Dafne; e amanhã vamos à final da Taça Independência: o Maracanã, amigão! Camacho deu-lhe uma palmadinha nas costas. Está bem — sorriu. — Mas não conte comigo: vou me inscrever na excursão a Petrópolis. Não sei por quê, mas acho que fiquei com um afeto especial pela família de dom Pedrito...

Saíram do restaurante por volta das quatro, cheios de caipirinhas, caipiroskas e Senhor Camachos, e Regina propôs que Carmelo se juntasse a ela e a outros que pretendiam se deitar numa praia sem pensar em nada. Mas Carmelo já se havia comprometido a ir com Finkelstein visitar a sua amada Dafne. Dissolvido o grupo, Carmelo não conseguiu se desprender do mexicano, de maneira que voltaram a formar o pequeno trio hispanófono. Partiram num táxi rumo à rua Prado Júnior, em Copacabana.

— Tem certeza de que a conheceu aqui?

Carmelo achou pouco católico o bar diante de cuja porta pararam; lá dentro refulgiam luzes azuis de néon num ambiente semi-escuro.

— Esquisito — admitiu Nicanor.

— Não foi exatamente aqui — corrigiu o argentino. — Conheci-a numa praça, perto do hotel onde estava hospedado. Mas fomos passear e depois bebemos um refrigerante neste lugar. Dafne é uma garota muito correta; estuda psicologia e mora com a família num destes edifícios — acrescentou apontando ao redor. — Só que não sei exatamente qual.

— Assim vai ser difícil encontrá-la — admitiu Carmelo.

— De qualquer maneira, ela me disse que vem sempre tomar refrigerante neste lugar — esclareceu o argentino. — Podemos esperar um pouco.

Camacho olhou-o bem nos olhos:

— León: estou cansado, almocei muito e bebi umas cachaças a mais. Preferiria fazer uma sesta a perder o meu tempo aqui. Diga a verdade: depois dos refrigerantes foram ao seu hotel e transaram, não é mesmo? Quanto? Cem dólares?

Finkelstein deu um pulo.

— Como pode pensar isso? — perguntou com ar indignado. — Estou dizendo que ela mora com a família e estuda psicologia.

Depois o argentino abaixou os olhos e acrescentou com voz rouca:

— Ficamos de mãos dadas... demos uns beijinhos... combinamos um reencontro quando eu voltasse... foi só isso.

— Verdade?

— Verdade.

Nicanor olhava a cena surpreso, mas sem abrir a boca.

Carmelo optou pela suavidade.

— Olhe, meu irmão — disse a Finkelstein: — Vamos entrar no bar e perguntar por ela. Quem sabe vem mais tarde tomar algum refrigerante. Com a família, naturalmente.

Sem dizer nada, Finkelstein concordou e os três entraram no bar. Empurraram a porta de vidro. O ar-condicionado era digno do Alasca e nos fundos havia uma máquina caça-níqueis que soltava reflexos multicoloridos. Sentaram-se diante de uma mesinha e chamaram o garçom.

— Três caipirinhas — disse Carmelo. E, quando viu que Nicanor ia pedir que a bebida de Camacho fosse um copo de guaraná com vodca, o colombiano impediu pondo a mão em seu braço. — Calma, Nicanor: não vamos revelar nosso segredo neste lugar.

Havia pouca gente a essa hora da tarde. Quando seus olhos se acostumaram à penumbra, Carmelo divisou alguns casais silenciosos e fantasmais nas mesas de trás. Um espelho embaçado com luz verdosa servia de fundo para fileiras de garrafas atrás do balcão do bar. Contra seus reflexos se recortavam algumas silhuetas femininas.

O trio hispanófono se concentrou no jogo do dia seguinte e Carmelo e Finkelstein trocaram opiniões sobre a importância de Rivelino na seleção brasileira. Nesse momento já chegava o garçom com o pedido, e Carmelo perguntou o inevitável:

— Olhe, você viu a Dafne?

O garçom fez um olhar de suspeita, mas após alguns segundos respondeu:

— Saiu com um cliente há mais ou menos meia hora. Vão ter que esperar um bocado — e acrescentou com voz cúmplice: — Mas, se querem trepar, eu consigo garotas muito melhores.

Finkelstein engoliu saliva, Carmelo abriu os braços e Nicanor não disse nada.

— Esclarecimento mais que suficiente — comentou o argentino após tomar apenas uns golinhos. — Vamos embora para o hotel.

Camacho pagou. Na radiola do fundo começava-se a ouvir uma canção de Nelson Ned.

Barbosa no Palácio

Carmelo se despediu de ambos no elevador e ficou de ligar mais tarde para fazer algum programa na noite livre. Mas, em vez de ir para seu quarto, esperou que a luz que indica os andares parasse primeiro no de Nicanor e depois no de Finkelstein; então chamou o elevador de novo e apertou o botão do quinto andar, o de Regina. Teve que bater três vezes — com o temor crescente de que os vizinhos percebessem que ele estava chamando a jovem no seu próprio quarto — antes de Regina entreabrir a porta do 511. Viu-a aparecer sem maquiagem e com o cabelo emaranhado e entendeu que sua impertinência interrompera o descanso da garota.

— Vim convidar você para jantar num bom restaurante — disse Carmelo nervosamente, sem pedir desculpas. — Nós dois sozinhos. Você escolhe o lugar.

Ela ensaiou um sorriso de contrariedade.

— Sinto muito. Não posso. Já me comprometi a sair com um grupo.

Carmelo sentiu de repente que toda compostura o abandonava e que por alguns segundos se transformava num adolescente raivoso.

— Não me interessa — retorquiu em voz baixa. — Quero sair com você esta noite para jantar. Só nós dois.

Regina nunca o tinha visto fora de si: ele sempre se protegia atrás de um escudo irônico ou cético. Ela hesitou por um momento e depois repetiu:

— Já disse a você que marquei um jantar com um grupo.

Carmelo segurou-a pelos pulsos, sem violência, e olhou dentro dos olhos dela.

— Por favor — murmurou com voz firme.

Regina permaneceu alguns segundos com os pulsos apertados entre as mãos de Camacho; depois as retirou suavemente.

— Está bem. Pegue um táxi e peça para levar você até o Jardim de Alá, na esquina com Ataulfo de Paiva, em frente aos edifícios do Conjunto dos Jornalistas. Encontro você lá às oito.

Depois tentou fechar a porta, mas Camacho a freou com a palma da mão.

— Obrigado.

Foi tudo o que o colombiano disse antes de se afastar, mas Regina já sabia que alguma coisa mudara entre eles: uma espécie de reconhecimento seu de que Carmelo era capaz de exercer poder sobre ela.

Do Jardim de Alá seguiram para o Amarelinho, um restaurante na Cinelândia, na Praça Floriano Peixoto. Aquele era um lugar tradicional da boemia carioca, ponto de encontro de artistas, putas, jornalistas e outras espécies. Havia décadas, todos corriam para lá a fim de experimentar o melhor chope da cidade. Ao contrário do encontro na porta do quarto de Regina, ambos estavam em clima festivo e de diversão. Ela se vestira cuidadosamente para o encontro, com um conjunto de linho branco e uma espécie de xale lilás que marcava um contraste atraente com a pele de avelã. A maquiagem destacava com esmero seus olhos verdes.

— O que fez com o grupo? — perguntou Camacho enquanto o táxi passava pela lagoa Rodrigo de Freitas e se encaminhava para a rua Voluntários da Pátria em direção a Botafogo.

— O que podia dizer? Nada. Simplesmente sumi. A esta altura devem estar me procurando no hotel.

— Finkelstein e Nicanor também devem estar me procurando. Já somos dois os desaparecidos.

— Espero que se encontrem com Ramsés e companhia, que têm ingressos para uma escola de samba.

— Mangueira?

— Portela. Por que Mangueira?

— Porque é a do Chico Buarque. Estou mais informado do que você imagina.

— Estou vendo. Você é uma caixinha de surpresas.

— E ainda falta muito para surpreender você, querida. Por exemplo, não sou um agente revolucionário infiltrado, como talvez pense Ramsés, e sim um burguês inofensivo e preguiçoso. Além do mais, e isto é um segredo, tenho casa própria e carro novo em Bogotá.

— E um cachorro fiel e uma esperançada esposa à sua espera.

— Esposa, não. Por acaso eu lhe disse alguma vez que sou casado?

— Disse. Num avião. A caminho de Recife, acho.

— Pois não é verdade. Estou separado há quinze anos.

— Duvido.

— Tem direito de duvidar. Mas é verdade. O mais comum seria dizer o contrário: que era solteiro ou separado, e que afinal você tivesse adivinhado que tenho mulher, sogra bigoduda, seis filhos, casa alugada e carro velho. Assim são as histórias comuns.

— Então é divorciado...

— Não existe divórcio na Colômbia. Nem separação. Desde que o papa beijou o cimento do aeroporto, em 1968, todos os casais que estavam separados ficaram milagrosamente unidos para sempre de novo.

Regina riu e Carmelo sentiu vontade de segurar sua mão. Mas se conteve e, em vez disso, tirou um lenço do bolso, como se precisasse. Por um instante o táxi se transformou numa câmara aromática de gás, por cortesia de Roger Gallet.

Pouco depois estavam de frente para o mar, até o táxi virar à esquerda e o Pão de Açúcar tornar-se uma sombra gigantesca sobre o céu, à sua direita. Percorreram a praia do Flamengo e o largo do Machado, de onde Carmelo vislumbrou uma pequena festa de pequenas luzes no morro, à sua esquerda.

— É Laranjeiras — explicou ela. — Casas espetaculares cercadas de favelas deprimentes.

Mais adiante viram, ao lado, uma espécie de mansão escura, uma sombra silenciosa e envergonhada que devia ter tido anos esplêndidos mas agora parecia submersa numa vida espectral.

— O que é aquilo? — perguntou Camacho.

— O Palácio do Catete. Ali se suicidou o presidente Getúlio Vargas em 1954.

— Humm, o herói de Finkelstein.

— E de muitos outros. Um herói trágico, veja só: certa madrugada apontou uma arma ao coração e pum!

O restaurante ficava mais adiante. Da janela se viam os jatos de luz brancos e as lâmpadas vermelhas intermitentes dos aviões que saíam e chegavam ao aeroporto Santos Dumont. Pediram um peixe com vinho branco e se divertiram comentando as histórias da viagem. Camacho sentia crescer a uma fria trepadeira dentro de si, sinal inequívoco de que caíra em estado de ternura diante de uma mulher. Já havia acontecido muitas vezes, inclusive ao terminar o primeiro jantar em São Paulo, quando ficou a sós com Regina; desfrutava e sofria ao mesmo tempo essa apreensão que lhe tirava a fome e lhe atrapalhava a língua. Com a minha idade e com meus cabelos brancos, pensou. Igualzinho a um estudante novato.

Avançaram pouco a pouco, de assunto em assunto, quase sempre dando risadas, e quando estavam na sobremesa acabaram no assunto dos casais.

— Quais você detectou na bolha dessa viagem? — perguntou Regina, aproximando o rosto com cumplicidade.

— Você adora o assunto, não é? Acho que Ramsés e Minerva Maria.

— Muito óbvio. Me surpreenda com outra.

— Não sei. Surpreender é especialidade sua, querida.

— Não me diga que não lhe dá curiosidade.

Camacho encheu sua taça de vinho e pensou alguns segundos. O nome que lhe veio à cabeça — Ayumi — podia ser explosivo, mas considerou que seria falso não mencioná-lo.

— Ayumi e Nicanor? Quero saber se a lista aumentou.

Regina recebeu a pergunta com naturalidade, como se já tivesse superado o golpe de infidelidade de Sérgio Pinheiro com a japonesa. Também parecia evidente que não soube do dele com Ayumi.

— Deixe em paz a coitada da moça e o pobre Nicanor. Falta pelo menos um casal feliz — continuou Regina.

O colombiano se sentiu na liberdade de ser ousado.

— Sérgio e Regina.

— Não seja perverso — respondeu ela com um gesto de súbita seriedade e a boca apertada. — Você sabe melhor que ninguém como essa história foi horrível.

Ela se recostou na cadeira, suspirou e começou a olhar a noite escura pela janela.

— Desculpe — pediu Camacho. — Retiro o que disse.

Deu um branco durante vários segundos e Carmelo sentiu que tinha acabado de destruir o ambiente de intimidade criado com tanta sutileza durante as duas horas anteriores.

Regina continuava em silêncio. Tinha deixado a colher no prato e a musse de chocolate sem terminar.

— Um cafezinho? — propôs ele, tentando reerguer as pontes.

— Não, obrigada. Estou bem assim.

O garçom rondava a mesa e o colombiano, derrotado pelo seu próprio erro, pediu a conta com um gesto veloz. *The game is over*, pensou em inglês. *Capri c'est fini. Ite misa est.* Hora de voltar ao hotel. Carmelo assinou o recibo do seu cartão de crédito. "Na avenida vão encontrar táxis facilmente", disse o garçom como despedida.

Saíram. Quando Camacho se apressava para parar um táxi, a mão de Regina o obrigou a abaixar o braço. Carmelo olhou-a surpreso.

— Ainda é cedo — disse ela. — Você tem medo de fantasmas?

— Adoro fantasmas.

— Então posso levar você a um lugar onde eles assustam.

E puxou seu braço, começando a andar impetuosamente com ele pela avenida deserta. Era uma Regina diferente que, pela primeira vez, tomava a iniciativa.

— Por esta porta entravam os empregados quando era tarde demais ou cedo demais — disse Regina empurrando uma pequena porta de ferro, que cedeu com um barulho áspero de dobradiças enferrujadas pelo salitre.

O Palácio do Catete estava escuro e vazio. Só era iluminado, de longe, pela luz amarelada dos postes da rua vizinha. Regina guiou Carmelo por entre uns arbustos crescidos que algum dia tinham sido um jardim de dálias. O prédio dormia entre teias de aranha um pouco mais à frente. Alguns vidros estavam quebrados, mas não foi preciso usar as janelas para entrar na casa. Regina puxou Carmelo pela mão através de uma pequena porta quase escondida nos ângulos da parte de trás. O colombiano sentiu um forte cheiro de umidade e abandono e teve que arrancar, com movimentos desesperados, os fios de teias de aranha que aderiam à sua cara.

— A cozinha era aqui — indicou Regina de repente.

— "*Entré em mi casa*", disse Carmelo em espanhol: "*Vi que, amancillada, de anciana habitación era despojos*".

— Não entendi nada.

— Esqueça, são versos de um amigo meu.

Com o reflexo pálido das luzes distantes, Carmelo distinguiu pias com azulejos e armários abertos e desdentados por falta de gavetas. Da cozinha passaram para um salão enorme e outro maior ainda. Alguma coisa pulou pela janela e, depois de estremecer de terror, Regina soltou uma gargalhada.

— O gato cinematográfico! Pensei que só pulava nos filmes.

— Não é um gato; é o espírito de Getúlio — corrigiu Camacho. — Parece mais magro e mais ágil.

Atravessaram uma grande porta aberta de par em par.

— Este era o salão principal — disse ela. — Na época aqui havia tapetes persas, lustres de cristal e jarros de cerâmica chinesa.

Continuaram caminhando devagar, sem deixar de olhar para os lados. Era possível adivinhar, entre as sombras, os estragos de três lustros de abandono.

— Este era o vestíbulo principal. Aqui foi exposto o cadáver; estava com um terno preto e tinha a cabeça amortalhada. Era uma venda branca, dessas que as freiras usam quando tiram o chapéu, aquele que flutua.

— "Touca", dizemos na Grande Língua Universal do Futuro.

— Muitas vezes se falou de restaurar o Catete — disse Regina. — Mas ninguém parece disposto a morar de novo na casa de um suicida. Muito menos os militares, que têm pouca estima por Getúlio. Somos um povo esquisito, Camacho. Misture militares com candomblé e veja no que dá.

Agora subiam os degraus da escada larga e nobre. Mármore de Carrara, pensou Carmelo. Andavam passo a passo, de mãos dadas. Curiosamente, Camacho não sentia medo. Quando era pequeno, as empregadas muitas vezes o assustavam com o bicho-papão e outros entes assustadores, e não se imagina capaz de suportar uma situação parecida sem sair correndo com os pêlos parecendo antenas de televisão. Mas agora, metido na goela do pânico, sentia-se tranqüilo, leve, e avançava sem tocar nos tapetes carcomidos pela umidade.

Chegaram ao terceiro andar. Regina o conduziu por um labirinto de quartos até chegar a um aposento muito espaçoso. Os raios dos postes projetavam vagos territórios de luz; eram insuficientes para detalhar o lugar, mas bastavam para se ter uma idéia das dimensões do recinto. Grandes armários embutidos, grandes portas. Algumas delas estavam abertas e pressagiavam gavetas escuras e zonas recônditas. Do lado direito, quase disfarçado, abria-se outro quarto. Talvez um banheiro.

— Neste quarto — disse Regina em voz baixa, como se alguém pudesse ouvi-los — Getúlio se suicidou. Eram as primeiras horas da manhã do dia 24 de agosto de 1954.

Carmelo se sentiu valente.

— Como foi a história?

Regina ficou calada durante alguns segundos.

— Você não sabe mesmo?

— Bem, sei que se suicidou, como todo mundo sabe. Você mesma me disse. Mas não sei nada mais.

Regina se dirigiu até uma das janelas que davam para o jardim desgrenhado. Tinha soltado a mão de Carmelo e parecia meditar.

— O Congresso o elegeu em 1934 ou 35; Getúlio deu um golpe de Estado algum tempo depois para instaurar o que chamou de Estado Novo. Teve que renunciar em 1945 e voltou ao poder pelo voto popular em 51.

— Sei que era muito querido pelos trabalhadores — apoiou Carmelo.

— É claro: subiu com apoio do Partido Trabalhista Brasileiro, do Partido Social Progressista e do Partido Social Democrático. Mas, cá entre nós, era mais populista que popular. Meu avô o adorava, mas minha mãe dizia que ele era "a mãe dos pobres e o pai dos ricos". Não sei.

Regina fez nova pausa e tornou a olhar para os fantasmas de fora, parecendo pôr um ponto final no assunto.

— A verdade é que em agosto de 54 as coisas já estavam insuportáveis para Getúlio. Mais da metade do exército estava contra ele e a alternativa era renunciar ou botar os tanques na rua para se defender do golpe militar que estava chegando. Aqui mesmo, na noite do dia 23, sua filha Alzira veio lhe avisar que o dia 24 seria o Dia D. Os soldados se rebelariam. Entende? Não mais os oficiais, e sim os soldados, a tropa. Só contava com a lealdade da Vila Militar, o epicentro de oficiais do Rio.

Regina caminhou alguns passos e observou atentamente as distâncias até a porta do banheiro e os armários. Depois estendeu no chão o xale lilás.

— A cama ficava aqui, onde está o xale, calculo.

Logo foi para um dos lados.

— Neste lugar devia estar a mesa onde escreveu seu testamento político. Encontraram as duas folhinhas aqui mesmo no dia seguinte. Mais ou menos às dez da noite do dia 23, Getúlio jantou sentado num banquinho que estava por aí, e de madrugada desceu e se reuniu com seus ministros num salão do primeiro andar, lembra?, ao lado do vestíbulo onde foi velado? Era uma reunião extraordinária de gabinete. A situação parecia desesperadora. Falava-se de resistência, de armar o povo.

— O de sempre — confirmou Carmelo.

— O de sempre. Num dado momento, Alzira, que havia se despedido do pai algumas horas antes, entrou de improviso no salão e comunicou aos presentes que a Vila Militar estava decidida a se juntar aos rebeldes. Um ministro sugeriu que Getúlio fizesse "o grande gesto histórico".

— Renunciar?

— Exatamente. Getúlio descartou essa possibilidade. Às três da madrugada encerrou a reunião e voltou para este quarto. Sozinho. Pouco depois, Alzira bateu na porta. Naquela porta, imagino, a da esquerda. Getúlio a recebeu vestido com seu pijama listrado. A filha trazia algumas recomendações dos ministros. Foi o único momento em que o presidente perdeu a compostura: "Que façam o que quiserem!", exclamou. "Eu já estou dormindo." Alzira se retirou. Mas uma hora depois Benjamim Vargas, irmão de Getúlio, entrou na ponta dos pés. Sentou-se ao seu lado na cama, ali onde está o xale, e disse a ele que a situação era insustentável e o melhor seria renunciar. "Estamos perto do fim", disse Benjamim. Getúlio pediu que o deixasse sozinho. Mais tarde Alzira voltou. Já era a hora do amanhecer. Informou que a Vila Militar ainda não havia se entregado e alguns generais estavam dispostos a resistir. A filha o aconselhou a mandar os tanques para a rua: ainda podia se defender. Getúlio ouviu-a em silêncio, fez duas ou três perguntas e depois disse a ela que estava amanhecendo, que o deixasse dormir.

Dessa vez Regina fez uma pausa mais longa. Quando tornou a falar, tinha outro tom de voz.

— Eram sete horas quando entrou por aquela porta, como todos os dias, o barbeiro do presidente, Barbosa.

— O barbeiro se chamava Barbosa? — observou divertido Camacho. — Olha o que pode haver num nome: uma profecia profissional.

— Barbosa era um sujeito magro, alto, seco, de cinqüenta e muitos anos. Vestia um avental branco e levava na mão os objetos próprios de seu ofício: vasilhames, escova, navalha, sabonetes e uma toalha azul no braço. "Tenha um bom dia, senhor", disse Barbosa, como todas as manhãs, disposto a barbeá-lo. Normalmente, Getúlio o cumprimentava com amabilidade, levantava da cama, sentava-se numa cadeira e conversava sobre assuntos de Estado e de cavalos finos enquanto Barbosa o barbeava. Getúlio adorava os cavalos. Há fotos dele com roupa campestre montando cavalos gaúchos. Mas dessa vez o presidente não queria conversa. Fez um gesto amável mas seco, indicando que Barbosa se retirasse, e o barbeiro entendeu que não era hora para sabonetes. Pediu desculpas e se escafedeu pela mesma porta. Foi a última pessoa a vê-lo com vida. Passados alguns minutos, Barbosa e os outros que estavam na cozinha ouviram um estrondo de pólvora e correram até o terceiro andar. Getúlio havia disparado um tiro no coração. Quando chegaram o encontraram sobre a cama, caído de lado, com o peito banhado por uma enorme mancha vermelha. Havia morrido instantaneamente. A perna esquerda estava dobrada, fora do colchão.

A história deixara Carmelo abalado. Regina se moveu para o interior da alcova e Carmelo continuou hipnotizado pela devastação do jardim.

"E não achei nada em que pôr os olhos que não fosse lembrança da morte", repetiu para si, sem tirar os olhos da sombra de arbustos crescidos e das ruínas de uma fonte abandonada, agora ninho de cigarras. Depois comentou em voz alta:

—Você conhece muito bem a história. Dá para ver que este assunto te obceca, tanto como a Finkelstein.

Regina ficou em silêncio alguns momentos.

— Barbosa era meu avô.

Carmelo virou-se surpreso:

— Seu avô?

— Hã-hã — confirmou ela.

Carmelo viu-a então apenas sugerida pelo filtro de luz amarela. Estava nua. Deixara a roupa no chão, sobre o xale lilás, e olhava fixamente para ele.

Maracanã

Na viagem a Petrópolis pôde saber mais coisas. Eram poucos os JIs que foram ao passeio à antiga vila de veraneio dos imperadores brasileiros e dos cariocas ricos. Às vezes, rindo, Regina encostava a cabeça em seu ombro.

O barbeiro de Getúlio Vargas era pai do pai dela: "Os brasileiros usam o sobrenome paterno em segundo lugar, não em primeiro", esclareceu Regina Campos Barbosa. Aos sábados, Barbosa costumava levar Regina ao Palácio do Catete; ela tinha menos de dez anos e permanecia na cozinha enquanto seu avô barbeava o presidente. Algumas vezes ele a fez subir à alcova do presidente para cumprimentá-lo. Assim aconteceu certo sábado em que Regina completava seis anos.

"Lembro que percorri os corredores de serviço segurando a mão do meu avô, até chegar à porta da alcova presidencial. Sentia muito mais medo que ontem à noite, juro. Quando entramos, meu avô explicou ao presidente por que me trouxera, e Getúlio me abraçou, foi até a poltrona onde repousava a roupa, buscou a carteira entre as calças, tirou uma nota e me deu. Depois tirou o paletó do pijama, ficou de camiseta e se sentou no banquinho para que meu avô o barbeasse. Nessa manhã ele estava muito risonho e falou de futebol com meu avô. Por indicações dele, eu fiquei na poltrona da roupa. Lembro que olhei boquiaberta para o salão durante os quinze ou vinte minutos que durou a cerimônia."

Estranhamente, Regina não conseguia lembrar o que estava fazendo no momento exato em que soube que Vargas tinha disparado um tiro em si mesmo. "O resto do Brasil sabe", contou a Carmelo. "Todo brasileiro maior de vinte ou vinte e dois anos é capaz de lembrar o que estava fazendo quando soube da notícia: regando as plantas, ou tomando café-da-manhã , ou subindo num ônibus, ou chegando à escola. Eu não. Imagino que devia estar em casa ou na escola, mas não posso garantir."

A estrada para Petrópolis subia como uma cobra no meio de uma serra carregada de vegetação tropical. Depois de um tempo, Carmelo começou a aspirar o aroma de terra tépida que conheceu tão bem na infância. A temperatura, a vegetação desenfreada e o aroma eram os mesmos que apalpou muitas vezes nas férias a caminho do sítio da família. Passando pelo alto de La Aguadita, na estrada para Girardot, a paisagem e os cheiros eram os mesmos que agora se espalhavam na serra dos Órgãos, subindo para Petrópolis. A diferença é que na infância ia a essas alturas para olhar o rio Magdalena, enquanto hoje tinha a estranha sensação de que o mar chapinhava um pouco além das montanhas.

— Conheço mais de um que vai levar uma boa pancada quando a bolha estourar — comentou Regina apontando com o queixo para o enviado francês, que parecia muito compenetrado com sua intérprete.

— Pode acreditar — sublinhou Carmelo. — Já vi isso em muitas viagens. Quem não entende as regras do jogo se expõe a sofrer como um condenado.

"Getúlio pensava que seu suicídio ia desencadear uma revolução. A carta-testamento que deixou em seu gabinete era uma curiosa mistura de arrazoados econômicos sobre a inflação, panfleto contra os inimigos, proclamação existencial e gesto histórico de sacrifício. A imprensa publicou-a no ato e foi repetidamente lida pela rádio. Posso ver a imagem abatida do meu avô Barbosa, que chorava em casa com uma amargura indescritível mas sem dizer uma única palavra, enquanto a ouvia uma e outra vez no rádio da sala. Não me lembro dos termos exatos da carta, mas tenho estampada aqui a frase que arremata sua página de despedida. Dizia: "Dou o primeiro passo no caminho da eternidade e saio da vida para entrar na história". E o que aconteceu depois? Nada. No Brasil quase nunca acontece nada no final das contas. Milhares de pessoas fizeram fila gritando e chorando para tocar no caixão instalado no vestíbulo de ontem; o cadáver foi mandado para São Borja, sua cidade natal; e alguns dias depois havia um novo presidente e um novo governo e só meu avô chorava por Getúlio."

— Que curioso — comentou Carmelo. — Desde que cheguei a este país os governantes mortos não me largam. Primeiro foram as cinzas de dom Pedro, agora o dormitório onde Getúlio se suicidou.

— É verdade — disse. — Mas é melhor mortos que matando. Você não poderia ir dar um abraço fatal no Garrastazu Médici?

Estavam entrando na pequena cidade, e de repente Carmelo teve a sensação perfeita de estar num mundo diferente, numa vila suíça no meio do trópico. Atribuiu isso aos vinhos da véspera. Olhou o relógio: eram quase duas da tarde. Pensou que Finkelstein já devia ter voltado do seu famoso encontro com os clandestinos.

Ramsés entrou no quarto de Finkelstein sem muita pressa. Sabia que, depois de sua suspeitíssima ausência matutina, o argentino tinha ido almoçar e demoraria um bom tempo para voltar ao hotel. Encontrou vários livros sobre a mesa, mas nenhum especialmente interessante. Pelos dados dos agentes do SNI, tinha certeza de que o argentino participara naquela manhã de uma reunião com clandestinos, talvez do PCB, do MR-8 ou dos companheiros de Carlos Marighella e Carlos Lamarca, dois perigosos elementos que tinham dado baixa tempos atrás pelas forças de segurança. Se aconteceu assim, se Finkelstein escapuliu de manhã cedo e deu voltas e viradas inesperadas até confundir o agente que o seguia, é porque tinha programado algum encontro subversivo. E, se esse encontro se realizou, a pasta com que entrou no hotel logo depois da uma da tarde devia conter documentos que era conveniente revistar.

Não precisou procurar durante muito tempo. Achou a pasta com papéis no armário, escondida embaixo das cuecas. Finkelstein não era James Bond. Ramsés se aproximou da janela e começou a ler. Estavam escritos numa máquina de escrever precária, sem identificação que revelasse procedência, e havia alguns parágrafos sublinhados com caneta.

APONTADOS COMO TORTURADORES MILITARES

Alunos brasileiros do curso de Interrogador da Inteligência Militar. Escola das Américas (Panamá). Em 1970: 6. Sobressaindo o Segundo-Sargento Clodoaldo Monteiro. Em 1971: 5. Aprovado com louvor. Primeiro-Sargento Otomar Rodrigues Cabral. Voltou a cursar o Segundo-Sargento

Clodoaldo Monteiro. Também foi aluno o Segundo-Sargento José Carlos Mandetta.

Outros oficiais e suboficiais que fizeram cursos de Interrogatório Militar e o exercem: Primeiro-Sargento Enio Pinto Portugal e Segundo-Sargento Fabiano Lamas do Nascimento.

Instrutores: Coronel José Moreira Lima e Sargento Moysés Ibiapina.

Oficiais especialistas em interrogatórios: Brigadeiro João Paulo Thomson da Câmara, Coronel Hélio Gomes, Capitão Ramsés Guimarães da Silva, Capitão Lúcio Bravo Soares.

Brigadeiro João Paulo Thomson da Câmara: Entre os 19 alunos do Curso de Instrução de Interrogatório aparece o Brigadeiro João Paulo Thomson da Câmara, pertencente à Força Aérea. Foi aluno da fase 1 do curso de Inteligência Militar entre agosto e outubro de 1967 e, posteriormente, do curso de Contra-inteligência. São companheiros dele o Major Carlos Alberto Valle Lobo e o Major Renato Sotero.

Coronel Hélio Gomes. Realizou curso de Inteligência Militar em 1965 e, posteriormente, Curso Avançado, fases 1 e 2, em 1966.

Capitão Ramsés Guimarães da Silva. Pertenceu à Polícia Militar. Fez a fase 2 do curso de Inteligência Militar (1967) com o Major Bismarck Baptista. Curso de Contra-inteligência, 1967, com o Primeiro-Sargento Mauro Mello e o Terceiro-Sargento Ubirajara Silva da Silva. Instrutores: Capitães Thaumaturgo Lopes e Walfrido Barroso. Em 1969 passou ao Ministério do Interior como delegado do SNI (Serviço Nacional de Informações) atual Subsecretário Ministério do Interior.

Capitão Lúcio Bravo Soares. Curso de Inteligência Militar para Oficiais na Escola das Américas, 1970. Outros membros do corpo de interrogatórios da Polícia Militar: Tenente Paulo de Souza Bournier, Capitão Altevir Escórcio Vaz (Curso de Oficial na Escola das Américas em 1959 e 1960). Capitão Luiz de Magalhães e Sargento José Paes Lima.

Ramsés guardou de novo os papéis na pasta, cuidou de que tudo estivesse como ele havia encontrado, entreabriu a porta, verificou se não havia ninguém no corredor e saiu com a pasta sob o braço. A operação levara menos de três minutos. Depois desceu ao vestíbulo principal, fez um sinal para um personagem que estava no bar e juntos entraram num táxi.

Enquanto entrava no estádio do Maracanã sacudido pela multidão, o pequeno grupo de Jornalistas Internacionais ainda pensava que León Finkelstein podia aparecer de uma hora para outra. Certamente não anotara direito o encontro às sete no vestíbulo, disse Nicanor Jiménez a Carmelo. E acrescentou com uma piscada: Se algo pode dar errado então dará. Carmelo franziu a boca. Não sei — disse. Finkelstein não perderia este jogo por nada no mundo. Ramsés estava por perto e fez um gesto de ceticismo com as sobrancelhas. As garotas, comentou ele de maneira enigmática. Carmelo não pôde perguntar mais nada nesse momento, porque os caminhos da multidão são imprevisíveis e o grupo de seis ficou subitamente partido em dois por um movimento de massas que deslocou Carmelo e Nicanor para um lado. Levaram alguns minutos para se reencontrar com os outros náufragos, que içavam ansiosamente a bandeira de seus ingressos na ponta da mão de Ramsés para que o dueto pudesse localizá-los. Carmelo sempre sonhou que o Maracanã seria assim:

repleto de gente gritando refrões e cantando; um mar de pessoas com camisetas verdes e amarelas e, ao fundo, o murmúrio incessante das batucadas, como tambores de guerra. Quando por fim chegaram aos lugares que a organização havia conseguido para eles, os JIs estavam francamente perplexos com o espetáculo. Olhe bem, porque talvez você nunca mais veja uma coisa assim, comentou emocionado Carmelo com Nicanor. Há muitas coisas que não verei nunca mais, senhor Camacho, respondeu Mister México. O japonês tinha conseguido uma bandeirinha do Brasil e a agitava com verdadeira fúria, como se fosse um torcedor demente. Sérgio Pinheiro e Ramsés, ao contrário, demonstravam a serenidade dos veteranos, dos que estão acostumados aos grandes momentos e não permitem que seus sentimentos transbordem. O alemão hermético, ave de mau agouro, exibiu uma nota de vinte dólares e anunciou que apostava a favor de Portugal. Só de brincadeira, Carmelo subiu para duzentos a favor do Brasil e o alemão, mesmo engolindo saliva, teve que aceitar o desafio. Brasil contra Portugal. Uma contenda quase mítica: o filho contra o pai, a antiga colônia transformada em Império que se confrontava com o império transformado em país marginal, dispensável. Carmelo tentou desenvolver uma psicologia histórica a respeito do assunto — a suave independência brasileira fazia desta final um duelo doloroso para os dois... dom Pedro I e sua dupla condição de brasileiro e português, como no fundo continua sendo a alma do Brasil, coisas parecidas — mas não havia ninguém ali disposto a aderir à sua proposta. Ramsés se limitou a dizer com generosidade cortês que era uma tese muito interessante, mas interrompeu a frase e emitiu um rugido, junto com o estádio inteiro, porque começavam a anunciar a formação do time local. Depois formaram as duas equipes e tocaram os hinos, e Carmelo tentou ouvir o "Gigante pela própria natureza, és belo, és forte, impávido colosso", mas a balbúrdia era mais gigantesca que a própria natureza e foi impossível captar alguma palavra. Mas sorriu em silêncio enquanto o time visitante deslocava a bola do ponto central do campo: acabava de lembrar que Regina tinha lhe sussurrado essa manhã as mesmas palavras finais depois que Carmelo deu a quarta trepada desde o momento que, quando se virou para olhar, a descobriu nua na alcova escura do Palácio do Catete, onde dezoito anos antes Getúlio Vargas atirou em si mesmo: "Impávido colosso".

O futebol era pouco: muito jogo no meio-campo, muito temor recíproco, muito nervosismo, poucos riscos. "Jogo típico de taça", sentenciou Sérgio depois de meia hora. De maneira que o espírito de Carmelo acabou se elevando para buscar um sentido no turbilhão que haviam sido as últimas vinte e quatro horas. Na verdade ele entendia muito pouco. Não entendia a amargura com que terminara a efêmera relação entre Regina e esse sujeito bem apessoado e de compleição de zagueiro do Botafogo que agora comentava a partida ao seu lado com a sobriedade de um sábio. Também não entendia por que ela resolveu tomar a iniciativa no restaurante quando uma piada impertinente dele levara as coisas ao ponto mais frio. Talvez parte do Efeito Bolha consistisse em acelerar dramaticamente os fatos no final do período. Talvez tenha contribuído para isso a presença do fantasma do Catete, que era o próprio fantasma da infância de Regina. Talvez se ocultasse uma semente estranha e mórbida no fundo daquela jovem aparentemente risonha, uma semente que a teria feito trepar com ele no mesmo lugar onde Getúlio se suicidou. Ou talvez ela estivesse encarnando uma vingança desafiadora à memória do homem que privou subitamente seu avô Barbosa do trabalho mais honroso do ofício. Um psicanalista faria floreios com esse tema, mas Carmelo não queria mergulhar muito no assunto. Em menos de vinte horas estaria tomando o avião de volta para a Colômbia, onde estaria à sua espera o cachorro fiel mas nenhuma esposa ansiosa, e sonhava com a última noite em companhia de Regina. Ela havia se recusado a dividir o chuveiro com ele nessa manhã e prometeu que fariam isso de qualquer maneira antes de se despedirem. A gente nunca entrega intimidades sem ceder armas, pensou Carmelo. A frase não era dele. De Chico Buarque? De Millôr Fernandes? De Woody Allen?

Zero a zero ao final do primeiro tempo. Beberam cerveja e guaraná e comeram batatas fritas que os vendedores ambulantes ofereciam. No distante setor de autoridades via-se uma figurinha que saudava a multidão como se a concentração humana fosse em sua homenagem. Garrastazu Médici, disse Sérgio ao ouvido de Carmelo. Se pudesse dar-lhe um abraço mortal, pensou Camacho. Finkelstein não aparecia. Deixei o ingresso dele no hotel, com instruções de que pegasse um táxi e viesse nos encontrar nesta arquibancada, explicou pela enésima vez Ramsés aos integrantes do grupo: é muito fácil chegar ao Maracanã, até uma criança pode fazer isso. Nicanor Jiménez arriscou que talvez ele tivesse esquecido o encontro. Era um encontro que Finkelstein jamais esqueceria, respondeu Carmelo. Talvez tenha chegado atrasado ao hotel e ficou com preguiça de vir sozinho, tentou Sérgio. Você mesmo — disse a Carmelo — quase fica sem futebol: a excursão de Petrópolis voltou quando já estávamos no ônibus para o Maracanã. Diante do silêncio aprovador, Sérgio elaborou um pouco mais sua hipótese: É, deve ter chegado tarde e agora está vendo o jogo confortavelmente instalado no quarto do hotel — disse. E, considerando o pouco que vimos de futebol-futebol, isso faz dele o mais inteligente de nós. O japonês perguntou se o jogo por acaso era ruim: ele estava achando maravilhoso. Ramsés fez um gesto de discordância. Não, não — disse enigmaticamente. Acho que a razão é outra. Carmelo lembrou: Quando chegamos você falava alguma coisa sobre garotas. Ramsés apontou o dedo para ele: É! Para mim, esta é a explicação verdadeira. Houve uma pausa durante a qual olharam para Ramsés à espera de que prosseguisse. Ramsés sorriu: Somos humanos, não é? Sei que Finkelstein é bem casado, mas também sei que ele tem uma espécie de namorada no Rio, Dafne ou algo assim. Carmelo comentou que a tal Dafne era bem menos que uma namorada, e ele sabia por que dizia isso. Ramsés fez uma expressão solene e levantou a mão: Amigo, eu sei de que tipo de namorada se trata, o próprio Finkelstein me contou; mas nunca menospreze a capacidade de atração de uma boa xereca. Todos riram aprovando, mesmo Carmelo — embora um pouco a contragosto —, e Ramsés encerrou: Já vi muitos casos em que sujeitos sérios e profissionais, como nós, enlouquecem pelo que encontram debaixo de umas calcinhas. Nesse momento ouviu-se um apito e um novo rugido e os olhos se voltaram para o campo do Maracanã, essa mesa verde lendária, esse retângulo perfeito, esse altar de grama iluminado por mil refletores onde vinte e dois jogadores lutavam para ganhar a Taça Independência.

— Um a zero — contou Carmelo a Regina assim que chegou, ansioso, ao quarto 511. — Gol de Jairzinho no último minuto.

— Sei — disse ela. — Vi na televisão. Um jogo horrível. Zagallo deveria beijar a taça e pedir demissão já.

Regina contou que os membros da excursão Brasil Export 72 iam se encontrar num bar do Flamengo para se despedirem da viagem.

— Marcamos um encontro lá, mais tarde. Pode ser divertido e, de qualquer modo, é a reunião de despedida.

— Tenho horror de reuniões de despedida — disse Camacho. — É uma bebedeira geral; uns dão beijos babados, outros brigam e todo mundo acaba cantando "No es más que um hasta luego".

— Camacho — lembrou ela —, é a última noite. Há pessoas, como Nicanor Jiménez, que na certa você nunca mais vai voltar a ver.

— Passei esta noite inteira com ele, durante o jogo. Além do mais, amanhã vamos sair juntos para o aeroporto com uma dezena de colegas. Vou me despedir lá.

— Hoje darão pela nossa falta.

— Isso a preocupa?

— Não especialmente.

— É um encontro oficial, um *adiós muchachos* organizado pela Feira?

— Não. É uma coisa espontânea, algo improvisado pelos colegas.

— Ou seja, não temos obrigação de ir.

Um pouco frustrada, Regina hesitou um segundo.

— Então não. Obrigações, obrigações mesmo, a gente tem poucas nesta vida.

— Então prefiro ficar aqui com você.

Ela sorriu e remexeu seu cabelo com a mão.

— Você não esqueceu a promessa do chuveiro, não é?

Camacho a beijou, mas antes de prosseguir interrompeu subitamente, consultou um papel que trazia no bolso e discou o telefone. Deixou que tocasse várias vezes e depois desligou.

— Sabe de uma coisa? — disse para Regina. — Finkelstein saiu esta manhã e não voltou.

Regina não deu grande importância à informação.

— Na certa encontrou a fulana, a tal amiguinha.

— Dafne.

— Isso.

— Não creio. Vou lhe contar um segredinho: esta manhã ele ia se reunir com uma célula clandestina.

Regina ficou estupefata, e Carmelo continuou.

— Alguém fez contato com ele em Recife, e sei que iria se encontrar com esses cavalheiros às onze horas ou meio-dia.

Houve um novo silêncio, durante o qual Camacho aproveitou para se servir uma vodca do frigobar.

— O que você acha? — perguntou à garota.

Regina fez um gesto de desconcerto e preocupação.

— Não sei — disse. — Pode ser mau sinal. Tem certeza de que não voltou ao hotel?

— O telefone do quarto não responde.

— É impossível que tenha desaparecido assim sem mais nem menos. Tente de novo, por favor.

Carmelo ligou para a telefonista e perguntou por Finkelstein em inglês. A moça pediu um minuto e depois lhe informou que o senhor Finkelstein havia passado pela recepção por volta das duas, deixou uma mensagem para o quarto 307 e depois saiu novamente.

— Eu sou o hóspede do quarto 307 — disse Camacho. — Por favor, leia a mensagem para mim.

— Sinto muito. Não posso. O senhor está me ligando do quarto 511.

Carmelo optou por passar para um portunhol um pouco raivoso.

— Sou o hóspede do quarto 307, mas neste momento estou de visita no quarto 511: será que não é possível?

— Como é o seu nome? — insistiu em inglês a operadora.

— Carmelo Camacho.

— Sinto muito: no quarto 511 está a senhora Regina Campos Barbosa.

A situação começava a tirá-lo do sério.

— Ouça: é evidente que eu não sou a senhora Regina Campos Barbosa, entre outras razões porque continuo sendo o hóspede do quarto 307, Carmelo Camacho, e preciso que você leia para mim a mensagem que o senhor Finkelstein me deixou, entende?

— Com prazer envio o papel para o seu quarto, senhor Camacho.

Derrotado, Carmelo entregou o fone a Regina:

— Fale numa língua que ela conheça, porque meu próximo idioma consiste em descer e enforcá-la...

Regina explicou rapidamente em português de que se tratava, e cinco minutos depois um garoto chegou com a mensagem que Finkelstein deixara no escaninho do 307. Tenho algo urgente para lhe contar, LF., dizia o papel.

Nesse momento o telefone tocou.

— Estamos esperando vocês no Lamas — disse um Ramsés festivo. — É o encontro de despedida.

Regina entregou o telefone a Carmelo.

— Ramsés — disse o colombiano num tom quase sombrio: — Finkelstein não aparece.

— Ia falar com você sobre isso — mentiu Ramsés. — Tenho boas notícias. Um dos recepcionistas o viu com uma garota. Ela ficou no vestíbulo do hotel, e o nosso querido amigo subiu ao seu quarto. Alguns minutos depois ele desceu e os dois saíram juntos. O que eu disse: garotas, garotas, garotas...

— Acontece que acabei de receber uma mensagem que Finkelstein me deixou, imagino que à uma ou duas da tarde, em que diz que tem algo urgente para me contar.

Carmelo ouviu uma gargalhada nervosa no outro lado da linha.

— Está vendo? — continuou Ramsés. — O bandido na certa queria contar que tinha encontrado a Dafne. Nós latinos somos assim, Camacho, você sabe como é... Não é preciso se preocupar, amigo. Venham. Estamos esperando vocês no Lamas.

— É quase meia-noite, Ramsés.

— A noite é uma criança, principalmente quando é a última.

— Mais tarde nós vamos — respondeu Camacho de má vontade, e desligou.

Regina voltava do banheiro.

— O que ele disse?

— Que o viram com Dafne. Que estão nos esperando no Lamas.

— E o que você disse?

— Que queria tomar banho e dormir. Vou me despedir deles amanhã.

Regina sorriu, olhou para ele e soltou os cabelos.

— Eu sei — disse — O chuveiro está ligado.

Plop

Afundado na poltrona do avião que agora o leva para Bogotá, Camacho tenta entender o que aconteceu, que impiedosa niveladora passou em cima dele. Tenta refletir. Procura atravessar uma estranha neblina que embaça a sua cabeça. Imagens borradas galopam em sua memória aturdida. Carmelo pensa, mas não consegue entender o que aconteceu...

É. Você não consegue entender qual foi o vento, o furacão que rompeu seu equilíbrio e deixou você de pernas para o ar, Carmelo, veterano de mil guerras, sobrevivente impávido de cem viagens, colosso do autodomínio e do sarcasmo, o que houve com você, na sua idade e com seus cabelos brancos, para terminar arrasado, feito uma mocinha do século XIX e chorando como criança pequena, por Xangô. Mas você não sabe o que houve, por que aconteceu esse cataclismo vergonhoso que ainda o deixa à beira das lágrimas — um passageiro de primeira classe, Carmelo, não é justo — e com a alma em frangalhos como uma jarra estilhaçada, como um adolescente apaixonado. Você tenta reconstruir o horrível quebra-cabeça que foram as últimas horas da sua vida, mas não acha uma lógica, apenas fogachos e cenas que doem só de lembrar. Você vê outra vez Regina depois da última noite de amor, maravilhosa, ultracentrípeta, ela acorda você, vista-se rápido, vá para o seu quarto, faça a sua mala, prepare-se porque tem que estar lá embaixo dentro de uma hora e pegar o ônibus que vai levá-lo ao Galeão com os outros JIs, e observa, que carma gramatical ser colombiano, que diz algo assim como "ônhibus", e não *autocar*, nem *autobús*, nem *microbús*, nem *microautocar*, nem sequer *bus*: você tem que estar lá embaixo dentro de uma hora, precisa ir embora, meu amor, diz carinhosa, e você insiste em ficar um pouco mais com ela, mas Regina firme, por favor, Carmelo, não torne as coisas mais difíceis, já falamos sobre isso a noite inteira. A sinceridade o liquidou, imbecil, essa história de dizer a ela que venha com você, que podiam se casar, que você ia voltar para buscá-la, na sua idade, Carmelo, e com seus cabelos brancos... Você não entende?, dizia ela, primeiro carinhosa e depois irritada, coitada: não entende que a bolha acabou, que sua bolha estourou em mil pedaços, querido? Mas você não entendia nada, não queria entender nada, e se recusava a aceitar quando ela se arrumou rapidamente e o ajudou a vestir suas calças e a camiseta e desceu dois andares com você por uma escada discreta; então você já estava chorando feito uma boneca e por isso ela não quis pegar o elevador, e entraram no seu quarto, e arrumou sua mala de qualquer jeito e obrigou você a tomar banho e o penteou, e você ali, feito um zumbi, na sua idade e com os seus cabelos brancos, Carmelo, colosso de mil batalhas. Você se vê de cueca, com meias escuras e a camiseta que ela mesma enfiou pela sua cabeça e fez girar no pescoço porque estava ao contrário: você se vê de cueca e camiseta e se ouve dizer que não quer ir embora, que vai ficar nesse hotel até ela aceitar ficar três dias com você, só três dias mais, e ela o ameaça e diz que vai se mandar já, mesmo se você não reagir, caralho, e você pega um guaraná no frigobar e torna a soltar aquele pranto que parte a alma. Depois lembra que Regina o consola de novo, e outra vez explica que a bolha se acabou, finito, plop, e essas coisas, e você tem que ser razoável, querido, e por fim você se cala e aceita. Mas então diz que não quer ver ninguém, que quer chegar por conta própria ao aeroporto, que, por favor, ela o acompanhe, que não tem interesse em se despedir de ninguém, só de uma pessoa, e pede que liguem para León Finkelstein, o argentino absurdo, o da mulherzinha que lê as suas colunas e da filha pequena. E Regina ouve o telefone tocar muitas vezes, mas Finkelstein não chegou. São quase nove da manhã e ele não voltou ao hotel desde ontem, não dormiu aqui, confirmam na recepção. E você diz que isso é muito, mas muito esquisito, e percebe a cara de preocupação de Regina, que aconselha que é melhor não saber dessas coisas, que se esqueça de Finkelstein e que é melhor se apressar, porque o avião vai partir. E você: quem me dera. E ela: nada disso, você tem que ir embora, o Brasil pode ser um lugar perigoso para você. E você: não me importa, fico com você. E ela: não, não: você vai ficar sozinho, querido, porque eu tenho minha vida organizada. E você: então fico sozinho. E ela: nem sozinho, nem nada, que pode acontecer com você a mesma coisa que aconteceu com Finkelstein, meu amor. E você: tudo bem, mas me leve até o aeroporto. E ela se recusa, diz que você está muito mal, que precisa se separar dela o quanto antes, e você a vê pegando o telefone de novo e falando com alguém, e poucos minutos depois Nicanor bate na porta, Nicanor Jiménez, vulgo Mister México, vulgo *El Caballo Blanco*, trajando gravata, botas e calça azul-pálido mas sem paletó: cumpriu-se a Lei do Capitão Murphy, o pior piorou. Mas você acha graça, rapaz, apesar de tudo você acha graça, e reconhece que tomou estima por ele, como ele diz. Os dois voltam a vestir você, Carmelo, na sua idade e com seus cabelos brancos, por Xangô; os dois vestem você: um doente terminal de câncer e a Assessora de Imprensa do Departamento de Comunicação Social do Ministério da Indústria e Comércio, percebe? Que vergonha, Carmelo, e você nem ao menos está bêbado, condição que teria um mínimo de decoro, está é apaixonado feito um pirralho, feito um pombinho, minha nossa. Nicanor age rapidamente, fala com alguém, que levem sua mala para baixo, que ele vai com você, que depois se encontram todos no aeroporto. E chega aquela despedida tão terrível, rapaz, como um náufrago, e Nicanor pega você pelo braço, vamos senhor Camacho, olhe como está se comportando, feito um guri, e Regina abraça você, beija você e o chama de meu amor, e diz que vai escrever, que vão se falar logo, mas agora vá embora, e você dá um passo até a porta e dois para dentro, e um último beijo, que não, meu amor, que sim, que você quer ficar, e ela, que você está em perigo, e você, que está disposto a enfrentar o que vier: até que ela se tranca no banheiro, e você esmurra a porta e pede e chora e segura a cabeça, a cabeça grisalha, por Xangô, até não ter outro remédio a não ser sair dali apoiado em Jiménez, que o puxa quase arrastando e empurra a mala e a bolsa e tenta tranqüilizá-lo, pronto, senhor Camacho, vai ver como no aeroporto se esquece de tudo: Nicanor Jiménez, um verdadeiro santo. Mas você não consegue esquecer nada do que viveu enquanto avança destroçado a bordo do último táxi, e Nicanor lhe dá palmadinhas de ânimo no joelho, e como é triste ver um triste que fede a água-de-colônia, e você observa o céu plúmbeo de um Rio de Janeiro chuvoso, e o mar cinzento e as praias vazias e milhares de carros que buzinam e se atrapalham. Você estica o pescoço, mas não consegue vislumbrar o Palácio do Catete, não sabe por onde vai, nem tem ânimo para perguntar merda nenhuma ao motorista. E Jiménez ao seu lado, dizendo que tudo vai acabar bem, que são coisas que acontecem, senhor Camacho; e você: está bem, senhor Jiménez, e é sua primeira piada em várias horas e ambos riem: você e ele: ele, aliviado; você, sem querer. Tampouco esquece o seu inferno quando o último táxi chega ao Galeão. Você está atrasado. Quase todos já se foram. Você não se despediu de ninguém. Jiménez viaja às duas e vinte, de maneira que tem tempo para ajudar com seus documentos e a mala, e você lhe pede algo mais, pede para telefonar ao Hotel Leme, que quer se despedir de Regina, que você fez um papelão e quer pedir desculpas, e a princípio Jiménez não está muito convencido de que seja uma boa idéia, para que jogar mais sal nessa ferida, senhor Camacho. Mas você insiste, e Jiménez encontra umas moedas e liga. Mas ninguém responde no quarto 511, sinto muito, cavalheiro, a passageira já fez o *check-out*. Ela também tinha algumas coisas a resolver antes de voltar para Brasília esta noite, disse Jiménez, acho que foi isso que entendi. Se alguma coisa pode dar errado... Então você pergunta pelos amigos, e Ayumi, onde está Ayumi?, e o japonês?, e Minerva Maria?, e o correspondente do *Washington Post*?, e Sérgio Pinheiro?, e as guias?, e as intérpretes?, e o francês e a garota do francês?, e a inglesa alta? Pergunta até pelo alemão hermético, e Jiménez explica novamente, com sua paciência inabalável de *El Caballo Blanco*, que todos já se foram, uns porque viajavam mais cedo, nos vôos para a Europa, outros porque saem mais tarde, nos da América, e os acompanhantes brasileiros porque estão voltando para suas casas. E Finkelstein? Nicanor levanta os ombros. De Finkelstein não se sabe nada, senhor Camacho.

E Nicanor começa a falar sobre seus netos. E chamam o vôo para a Colômbia e adeus e você se despede dele sem derramar uma lágrima, e Nicanor lhe confia no ouvido que assim é que gosto de vê-lo, senhor Camacho, e você manda um beijo para os netos, e os dois dão um abraço emocionado. Agora é você quem chora, Nicanor? Não me faça uma coisa dessas... E você entra no avião bastante refeito e tranqüilo; depois se senta em sua poltrona de primeira classe e responde com um sorriso amável às atenções das aeromoças, e finge ler uma revista enquanto o avião desliza na pista. Quando levanta vôo você olha com aparente indiferença pela sua janela a manhã cinzenta e o perfil distante do Pão de Açúcar, e de repente, quando está sobrevoando a baía de Guanabara, sente que tudo isso já é parte do passado, irrecuperável, inapreensível, e agora sim a bolha estourou de verdade, plop, e você estoura com ela, a niveladora torna a passar por cima de você, você deixou lá qualquer coisa que não o deixa ser o mesmo de antes, amanhã vai ser outro dia, e você está abalado de novo como uma senhorita do século XIX, e as aeromoças apavoradas procuram atendê-lo, e o comissário de bordo oferece um calmante, e você chora e não pára de chorar a cântaros, aos gritos, e uma voz feminina solicita pelo alto-falante a presença de um médico, e você continua berrando feito uma criança, ninguém menos que você, Carmelo Camacho, veterano de cem bolhas, de mil guerras, na sua idade e com seus cabelos brancos, por Xangô, impávido colosso.

Agradecimentos

Antes de mais nada, a Maria José de Freitas Rodrigues, que acompanhou com paciência e auxiliou, com sabedoria e bom humor carioca, o processo de criação, gestação e feitura deste romance.

Também àqueles que me ajudaram a recolher dados ou leram o original e deram suas valiosas opiniões. Em particular, Ana Maria Ucrós, Sylvia Rosalem, Liliana Tafur, Carmen Posadas, Ángeles Martín, minha agente, e José Maria Guelbenzu, meu compadre.

Este livro foi composto na tipologia Agaramond,
em corpo 12/15,5, impresso em papel off-white 80g/m²
no Sistema Cameron da Divisão Gráfica
da Distribuidora Record.